對類卷之七

器用門

一字 ○車蓋第一

平 車輪輿名 輿車輿 輪車輪 軒車軒 軺音迢小車 轅車轅 鞍馬鞍
韁馬韁 鞭馬鞭 韉鞍韉 干牌以捍身 戈平頭戟 鎗兵器 兵弓戈矛兵
刀刀劍 斤斧斤 矛建於兵車長三丈 弓射具 弦弓弩弦 旌旌旗
旗析羽為旌交龍為旂熊虎為旗 旂 毬軍中戲具 犁犁田器 鋤鋤田器 鎌刈草刀
簑簑衣 舟關東曰舟 船關西曰船 舷船邊 篙竹篙 橈音堯楫也 帆舟帆
檣帆竿 桴桴筏 繩索也 鈎釣鈎 竿釣竹 絲釣絲 綸漁者垂綸
緡絲緡 絃琴絲 琴樂器 䡴戰車 箏樂器 簫簫管 笙笙簫

竽笙竽 鐘鐘鼓 簧樂器 鼙鼓也 笳胡笳捲蘆葉吹 鏞大鐘 棊棊局
壺銅壺 籌更籌 瓶酒瓶 樽酒樽 罍酒罍 觴酒觴 鍾酒鍾
盃酒盃 盤盃盤 帘酒旗 觥罰酒器 鐺鼎鐺 銚燒器 廚庖廚
匙匕也 箪盛飯竹器 瓢飲器 盆盎也 甌酒器 盂盤盂 箕簸箕
簾簾箔 床床榻 屏屏風 箱箱籠 囊有底橐 珂馬飾 簪笄也
梳以梳理髮 釵首飾 鈿面飾 璫耳飾 針以針紉衣 機織具 梭織具
燈燈火 缸燈盞 檠燈檠 梯木階 油 砧擣衣之石 笻竹杖
衡車木又稱也 籤牙籤 籩祭器 鉦鐃也

仄 蓋傘也 璽天子玉璽 印官府之記 幟旗幟 轂車轂 軾車前軾木 轍車迹
轡馬轡 勒馬銜 鐙馬踏鐙 器什器總名 鏃箭頭 彈彈丸 砲砲石
筆 硯石硯 紙楮也 墨油烟為之 簡竹簡 楮紙也 瑟樂器
筑樂器似箏 磬石磬 管笛屬 籥管籥 笛竹笛 鼓革音 角鼓角

笙樂器 磬石器 管竹器 籥 笛竹笛 鼓革音 角鼓角
筆 硯石硯 紙楮也 墨 簡竹簡 梏 瑟樂器
轡馬轡 勒馬銜 鐙 器 鎖 彈彈丸 砲砲石
仄
蓋傘也 璽天子印 幟旗幟 轂車轂 軾車前木 轍車迹
銜車銜木也又 鑊 簋祭器 鉦鐃也
燈火器 鏊 槔木 油 石 杖竹杖
缸 金 當 針 機具 梭具
籬 床 箕 囊 罌 斝
匙也 簞 盃 盞 壺 盤
盂酒盂 盞盤 瓶酒瓶 尊酒尊 罍酒器 籩 豆 鼎
壺 箸 簀樂器 鞭 鼓也 鐘 磬 錡 其
竿 鐘 鼓

絃絲絃 琴樂器 鍾 車 箏樂器 簫簫管 笙笙簫
檣船竿 桴 舫船 錡 竿竹竿 絲 綸絲綸 釣竿
篙 舟 船 舡 篙竹篙 樓 鐮 帆舟帆
旗 旌 斤 犂田器 鋤田器 鐮刈草
刀 斤斧斤 矛 弓射具 弦弓弦 旌旗
韁馬韁 鞭馬鞭 干 戈 鎗兵器 兵
車 輿車輿 輪車輪 軒車軒 輅 鞍馬鞍

平 一字 ○車蓋第一

器用門

對類卷之七

板拍板漏更漏舫艇小舟楫撥水行舟棹短槳纜船索
席艣所以進船柁所以正船釣魚釣餌釣魚餌網魚網罟網罟
耒耕耒耜田具笠雨具簣草簣篠竹器鼎釜有三足鼒大鼎
釜鑊杵舂杵臼舂臼甑飯甑椀飯椀筯匙筯
盞酒盞斝盞斝爵酒器榼酒榼俎祭器豆木豆几几案
案几也傘雨具枕枕頭扇簟竹席杖竹杖屐木屐
鏡照形具斛量也稱衡也剪剪刀尺十寸曰尺杼機杼軸織具
釧臂飾珥耳飾佩玉佩笏手板火燭炬燭也
炭燒木爲之鎖鎖鑰鑰門機篋竹笥笥篋笥槖囊無底者箔簾箔
箠竹器箒掃具律陽聲六律呂陰聲六呂斧匠所以伐木又兵器槳

○長短第二 虛字 死

平 長脩長高危也清清亮哀悲哀悲悲愁殘餘也華華美

輕輕快踈稀踈明光明堅堅剛飛孤孤獨微微細
洪洪大深深厚芳虛空也繁多也危高危圓規圓
新鮮也平夷也方四方和美也斜欹斜
仄 短促也小微小細小也巨大也響聲響亮響亮快快利
脆脆弱遠聲遠古老也密細密怨哀怨美美好淨淨潔
勁堅勁利快也重大厚多也薄少也妙好也
淺不深舊古也鋭銛鋭破碎也雅幽雅急速也緩慢也
巧奇巧直方直麗美麗曲彎曲敝壞也亂鈍遲鈍

○吹擊第三 虛字 活

平 吹口吹調調琴瑟彈手彈橫橫琴橫笛垂放下收收卷浮泛也
撞撞鐘鳴鳴鐘鳴鼓開展開張鋪張舒舒展扶扶杖圍圍棊圍爐
傳傳盃傾傾倒携携壺投投壺挑挑剔燒燒燈然燒也

傳傳遞 頌頌歌 旋 投 畫 桃 引 捧 濟 樂
鐘鐘鼓 鳴 開開門 張 舒 扶 圓
吹口吹 調調琴 彈手彈 橫 垂枝下 收收卷
○吹轉第三
巧有巧 直方直 曲彎曲 亂
淺不深 舊古也 殘 雅 急速也
堅 利快也 重 大 厚 薄
脆 速 古 大 深 美美好 淨
纖細也 小微小 巨大也 響 亮 快
新 平 方四方 和 美 斜
洪洪大 深 光 虛空也 高 圓
輕 明光明 堅 滿

長 高 清清亮 哀悲哀 悲 殘
○長短第二
笛竹器 簫 律六律 呂六呂 斧木匠 樂
炭 鎖 鑰 鐘 燈
劍 耳 佩 弓 大
鏡 斗量也 衡 尺 杖
案几也 傘雨具 枕 扇 章
盞酒器 爵 杯 豆 几
釜 杵 臼 春 鼎
耒耕耒 耜田具 簑雨具 鼎
網 罟
板 舟 楫

掀 掀起 登 升登 揮 揚也 搖 搖扇 穿 穿透 擘 擘蓋 藏 收藏
捐 棄也 持 執也 提 挈也 秉 研 磨也 敲 敲打 維 維舟
撐 撐船 移 行移 行 行舟 收 收拾 流 流盃 拖 籠
入 擊 叩擊 擣 擣衣 執 手執 荷 負荷 洗 洗滌 捧 持捧 舞 舞劍
佩 佩帶 戴 頭戴 繫 維繫 掛 張掛 鮮 拭 拼拭 挈 提挈
握 把握 鼓 鼓琴 撫 撫琴 撥 撥絃 泛 泛舟 展 展開 舉 拈起
對 向也 負 背負 倒 傾倒 帶 佩帶 滌 滌洗 放 倚 倚杖
策 策杖 秉 持也 整 整頓 設 陳設 啓 開也 結 結就 把 持也
奏 奏樂 扣 扣打 捲 捲起 揭 揭起 攬 攬轡 按 按劍 盥 洗也
撒 撒網 拊 弄

三字

○琴棊筆硯第四

實字

平 琴棊 琴書 車書 車同軌書同文 車航 車輿 梯航 梯山航海

舟航 舟車 犂耬 犂鋤 耬鋤 輪輿 輪輿 韓在梓匠輪輿 絲綸
簞瓢 顏子一簞食一瓢飲 觥盂 觥籌 觥罍 壺觴 陶引壺觴以自酌 盤盂
匏樽 琴樽 塤篪 笙竽 笙簧 笙簫 笙鏞 笙歌
絃歌 絲簧 絲桐 簫韶 篆箏 干旌 弓旌 旌旗
旌旄 干戈 弓刀 兵戈 兵刃 戈矛 巾箱 箕裘
鞍韉 權衡 鈞衡 規繩 簾櫳 輪蹄 車馬也 盃盤
樽罍
上去 几筵 豆觴 豆籩 鼎鐺 釜鬵 鼓鼙 鼓鐘 鐲鐃
甲兵 斧斤 斧斲 旆旌 網羅 斗升 斗衡 量衡
準繩 璽符 戚揚 大斧也 鍵櫜 弓箭袋 管籥 瑟琴
乘輿 管絃
入 筆硯 筆墨 紙筆 枕簟 簟枕 枕席 衽席 几席

筆硯　筆墨　紙筆　筆紙　硯牀　几牀
彝鼎　書簽　鐘鼎　鐘鼓　斗衡　量衡
甲兵　斧斤　斧鉞　斤斧　升斗　衡量
几案　豆觴　豆觴　鼎爵　鼓鼙　鐘鼓　鏡鑑
縹緗　衡衡　鈞衡　規矩　簾幃　輪轂(車也)　盃盤
干戈　弓矢　兵刃　戈矛　巾箱　實簍
絃索　絲絹　簫管　簾幕　干旌　旌旗
琴樽　尊罍　觴籌　箋章　旌鑼　簦笠
簞瓢　簋簠　簋觥　瓢盂　壺觴　盤盂
舟車　杯盤　鍾鼎　輪輿　舟楫　絲綸

琴棊　琴書　車書(書同文車同軌)　車舫　車輿　樽舫(舫山)

○琴棊筆硯第四

撒網　拊　手
奏樂　扣打　撈　揭起　攬轡　挨肩　盥洗
策杖　秉持　鞭頓　設陳　啟開　結就　把持
對向　負背　倒側　帶佩　濯洗　披　倚杖
握把　鼓琴　撫琴　撥絃　沃　展開　舉拍
佩帶　戴頭　繫縛　掛　解　扶杖　挈提
擊叩　擣衣　執手　荷負　浣滌　捧持　舞蹈
掌握　行　收拾　洗盃　拖　龍
揖也　持執　秉　扞也　敲打　推
放　登升　揮　搖　穿

几杖 几案 几格 輦輅 輦轂 軌轍 轡勒 轡策
耒耜 耒耨 畚鍤 杵臼 杼軸 管磬 管籥 羽籥
鼓吹 鼓笛 鼓樂 鼓角（高樓鼓角悲） 鼓鐸 律呂 俎豆
鼎俎 鼎鼐 簠簋 鼎鑊 釜錡 籩笥 劍戟 劍佩
杖屨 棨戟 盞斝 爵斝 匕筯 器皿 器械 斧鉞
節鉞 甲冑 介冑 甲仗 矢石 橐鑰 枘鑿 網罟
檻穽 畢弋 斗量 斗尺 尺寸 尺度 甑釜 簡牘
竹帛 璽綬 契券
車駕 車馬 車騎 車服 車蓋 輿輅 軒冕 冠蓋
冠冕 軒蓋 銜轡 銜勒 鞭鐙 鞭箠 鞭策 舟楫
舟艦 樓櫓 桴栰 籩豆 觴豆 樽俎 籩俎 樽爵
盆盎 盃盞 盃斝 瓶盞 瓶榼 盤飣 盤合 杯鸞

筵几 筵席 裀鼎 裀褥 鐘鼎 彝鼎 鉶鼎 機杼
機軸 砧杵 砧几 琴瑟 絃管 絃索 絲竹 絲管
簫管 簫鼓 金鼓 鐘鼓 笳鼓 笙鼓 簧鼓 旗鼓
鼙鼓 鉦鼓 鐃鼓 金革 旌革 旌旆 旌旐 旌節
泓穎 毫楮 旗幟 刀筆 刀斧 刀尺 刀剪 刀劍
琴劍 弓劍 矛戟 矛盾 戈戟 戈甲 兵甲 兵革
弓箭 弓矢 弓弩 弧矢 干櫓 干戚 干羽 鋒鏑
鋒刃 斤斧 鐘磬 箱篋 簾箔 簾幙 帷箔 燈燭
燈火（韓燈火稍可親） 針線 簑笠 羅網 繒繳 機穽 衡量
權量 升斗 衡鑑 繩墨 繩準 規矩 符券 箕箒
鞍轡 囊橐

○鞦韆蹴踘第五

○轍樂器用類第五

鐓 鑾 囊 橐 衡 鑑 纆 墨 繩 準 規 矩 杼 柚 箕 箒
爐 量 升 斗 針 線 簾 箔 羅 網 繒 繳 機 杼 衡 量
燈 火 刀 斤 斧 鍾 鎖 篋 鎌 帷 帳 羽 燭 燧 鐘 鏑
鋒 刃 弓 矢 弩 彈 弧 矢 干 櫓 干 戚 兵 甲 兵 革
弓 箭 弓 矢 弓 弩 斧 鉞 戈 戟 戈 甲 鉤 鐔 鉤 鐔
琴 瑟 箏 笛 鼓 角 刀 筆 刀 斧 刀 尺 刀 劍 刀 鞘
瑤 瓊 鼎 彝 錞 于 金 革 鉦 鐸 鐲 鐃 鼙 鼓 旗 鼓
鞞 鼓 鉦 鼓 鐃 鼓 鐘 鼓 鐘 鼓 鞀 鼓 鐘 鼓 鼓 管
簫 管 籥 笙 柎 几 琴 瑟 絃 管 磬 簧 竽 笙 笙 竽
機 軸 杯 案 几 席 囷 鼎 鐘 鼎 彝 鼎 銅 鼎 彝 器
筵 几 筵 席 鼎 俎 盤 盂 盆 盎 鐏 盂 盤 盂 盃 盞

盆 盎 盂 盞 盂 盌 瓶 盞 瓶 罍 盤 盂 盤 合 杯 盤
卮 盞 樽 罍 杯 盞 籩 豆 籩 豆 樽 俎 籩 俎 樽 罍
冠 冕 軒 蓋 衡 轡 銜 轡 鞭 轡 鞭 轡 鞭 策 冠 蓋
車 轍 車 馬 車 駕 車 乘 車 蓋 與 輅 軒 冕 冠 蓋
行 李 璽 綬 裘 裳 斗 量 尺 寸 尺 度 鼎 釜 簡 牘
檻 弄 舉 火 斗 量 尺 寸 尺 度 鼎 釜 簡 牘
節 鉞 甲 冑 介 冑 甲 仗 矢 石 橐 鑰 納 鑾 鑾 鈴
杖 屨 杖 屨 杯 爵 杯 爵 匕 箸 器 皿 器 械 斧 鑕
鼎 俎 鼎 鼐 鼎 鼐 鼎 鑊 釜 鬲 簋 簠 鐘 鼓 鐘 鼓
鼓 吹 鼓 角 鼓 樂 鼓 角 鼓 鐘 律 呂 律 呂 俎 豆
耒 耜 耒 耨 春 鋤 杵 臼 杼 軸 管 籥 管 籥 羽 籥
几 杖 几 案 几 格 轎 輿 轎 輿 輿 輦 輿 輦 樂 器

【平】鞦韆 樗蒲（博塞樗蒲戲也） 籧篨（竹席也） 呼盧（樗蒲也） 琵琶
干将（劒） 兜鍪（軍器甲胄也） 箜篌 罘罳 蕭墻（屏）
【上去】舳艫 轆轤 輥毬 巨羅 鏌鋣（劒） 罣罳 桔槔（取水器）
接䍦
【入】蹴踘（以皮爲之實以物蹴踏之爲戲） 角觝（武帝作角觝之戲） 傀儡 舴艋（小舟） 絡索
拍板 騕褭 觱篥 棐几（書案） 决拾（皮拍）
【上平】刁斗（兵中之器） 更漏 方響 跳脫

○棊枰劒匣第六 【並實】

【平】棊枰 棊盤 簾鈎（風簾自上鈎） 簾衣 簾額 琴絲 琴徽
琴絃 弓絃 弓鞘 弓衣 箏絃 船篷 船篙 船帆
船檣 船舷 檣帆 帆竿 鞍韉 床屏 燈屏 燈檠
燈臺 燈籠 熏籠 香毬 車輪 壺瓶 繅車

【上去】錦機 鏡奩 鏡臺 釣竿 釣絲 釣針 釣緡 釣輪
釣鈎（稚子敲針作釣鈎） 硯池 硯屏 枕屏 漏籌 筆鋒 劒鋒
鼓枹 燭臺 燭籠 剪刀 麯車
【入】劒匣 鏡匣 印匣 鏡架 筆架 鼓架 劒鋏 漏箭
箭鏃 箭羽 箭括 畫軸 笛管
【上平】弓靶 弓韔 壺箭 琴軫 琴柱 箏柱 鐘虡 榔板
棊子 船櫓 舷板 帆席 毬棒 毬子 燈盞

○囊琴匣劒第七 【並虛】【下實】

【平】囊琴 鈎簾 鞘弓 籠燈 弦弓 絃琴 檐簦 囊金
囊詩
【上去】棹舟 棹船 鼓琴 鼓鐘 篆香 篋書
【入】匣劒 匣鏡 佩劒 櫝帛 篋扇 鼓瑟 鼓棹 鼓枻

〔去〕匣劍　鏡　佩　劍　櫝　帛　簾　扇　鼓瑟　鼓　杖
〔上〕棹舟　棹船　鼓　琴　鼓　鐘　篆　香　簫　書
囊詩
〔平〕囊琴　劍　簾　轎　弓　箭　燈　弦　筵　絃　琴　檣　囊金

棊子　○囊琴匣劍第七
〔去〕弓箭　弓　箭　帆　席　棒子　鐙　柱子　鐘　燭　板
〔去〕劍　匣　劍　匣　書　軸　筆　架　鼓　架　劍　鋏　漏　箭
鼓　枕　燭　臺　劍　刀　筆　車　漏　壺　筆　硯
〔上〕鏡　奩　鏡　臺　釣　竿　釣　絲　鈎　針　鈎　輪

燈臺　燈　籠　熏　籠　香　毬　車　輪　壺　瓶　燈　燈
船　檣　船　板　檣　帆　帆　竿　鞍　轡　床　屏　燈　船　帆
琴　弦　弓　弦　弓　箭　弓　衣　筝　絃　船　篷　船　篷　船　琴　徽
〔平〕棊　枰　棊　盤　簾　鈎　簾　衣　簾　額　琴　絲　琴　徽
○棊枰劍匣第六

〔平〕公　斗　更　漏　方　響　跳　脫
柏　板　扇　扇　筆　几　決　拾
〔入〕鞭　鞘　角　觚　偃　盤　遊　袋
接　䍦

〔去〕舳　艫　轉　軸　同　羅　鏡　鏡　杏　樣
〔上〕干　將　鐙　簍　莫　邪　鑪　簫　壺
〔平〕糞　火　羅　蔡　蓬　戶　琵　琶

【上平】奩鏡　屏枕　籠燭　撾鼓

○書燈酒旆第八

【平】書燈　書廚　書牀　書籤　書帷　書囊【並實】詩囊　香囊
香爐　丹爐　經函　琴牀　茶甌　茶瓶　茶爐　繅車
衣箱　衣砧　更籌　琴囊　經帷　香盤
【上去】酒瓶　酒樽　酒壚　酒旗　酒帘　藥囊　藥爐　漏籌
燭臺　酒盃　酒卮　酒壺
【入】酒旆　酒器　酒盞　酒甕　藥籠　藥竈　藥鼎　藥杵
藥臼　茗椀　飯盌　畫筆　畫軸　漏箭　斂匣　筆架
【上平】書筒　書篋　書架　書几　棊局　更漏　更箭　經筒
茶碾　茶鼎　茶磨　茶杵　茶臼　香几　香鼎　香案
香篆　書案

○踈鐘短笛第九

【平】踈鐘　孤鐘　殘鐘　洪鐘　清鐘　洪鈞【上虛】死【下實】慳囊　空囊
明燈　孤燈　殘燈　清燈　華燈　清樽　芳樽　空樽
深盃　殘盃　清觴　長筵　芳筵　華筵　長琴　清琴
焦琴　焦桐　清絃　踈絃　繁絃　危絃　哀絃　虛絃
薰絃　清簫　長簫　横簫　清笳　悲笳　殘笳　清砧
踈砧　殘砧　虛舟　方舟　輕舟　扁舟　孤舟　輕船
輕帆　扁帆　孤帆　飛帆　輕橈　危檣　孤篷　輕艘
輕舫　輕艎　高軒　高車　輕車　香車　安車　香輪
雕鞍　方屏　香篝　良弓　長弓　長槍　長戈　長鞭
輕鞭　輕簑　踈簾　重簾　飛帘　長檠（韓長檠八尺空自長）洪爐
【上去】巨觥　巨盃　巨觴　濫觴　急絃　慢絃　斷絃　古琴

奩鏡　屏枕　籠燭　鼉鼓

○書燈酒旆第八

書燈　書廚　書林　書籤　書帷　書囊　詩囊　香囊

香爐　丹爐　經函　琴林　茶甌　茶瓶　茶爐　繅車

衣箱　衣砧　更籌　琴囊　經帷　香盤

酒瓶　酒樽　酒壚　酒旗　酒帘　藥囊　藥爐　酒籌

燭臺　酒盃　酒卮　酒壺

酒旆　酒器　酒盞　酒甕　藥籠　藥竈　藥鼎　藥杵

藥臼　茗椀　飯盞　畫筆　畫軸　漏箭　硯匣　筆架

書笥　書函　書架　書几　棋局　更漏　更箭　經笥

茶碾　茶鼎　茶磨　茶杵　茶臼　香几　香鼎　香盒

香篆　書案

○踈鐘短笛第九

踈鐘　孤鐘　殘鐘　洪鐘　清鐘　洪鈞　煙囊　空囊

明燈　孤燈　殘燈　清燈　華燈　清樽　芳樽　浮樽

深盃　殘盃　清觴　長筵　芳筵　華筵　長琴　清琴

焦琴　焦桐　清絃　踈絃　鸞絃　危絃　哀絃　盧絃

薰絃　清簫　長簫　檀簫　清笳　悲笳　殘笳　清砧

踈砧　殘砧　盧舟　方舟　輕舟　扁舟　孤舟　輕船

輕帆　扁帆　孤帆　飛帆　輕槎　危檣　孤篷　輕艘

輕航　輕艎　高軒　高車　輕車　香車　安車　香輪

雕鞍　方屏　香篝　良弓　長弓　長槍　長戈　長鞭

輕鞭　輕蓑　踈簾　重簾　飛帘　長槊（入聲 [illegible]）　洪爐

巨浪　巨盞　巨觴　溫觴　急絃　慢絃　斷絃　古琴

短琴　短簾　密簾　細燈　洞簫　短簫　大鐘　遠鐘
大舟　小舟　大船　小船　巨船　巨艘　小帆　片帆
短帆　短篷　片篷　小輿　曲屏　小屏　小車　小笻
瘦笻　直鈎　曲鈎　大弓　勁弓　短兵　利兵　大刀
細氈　短縈
【仄】短笛　小笛　響笛　急管　脆管　古瑟　大鼓　敗鼓
大輅　逸駕　巨艦　大艦　大舫　小舫　巨舫　小棹
短棹　急棹　遠棹　短楫　小楫　短纜　小艇　短屐
細簟　小扇　破扇　古硯　細硯　大筆　健筆　大鼎
古鼎　重鼎　古鏡　破鏡　古器　大器　重器　小器
利器　利劒　短劒　大劒　古劒　利刃　利鏃　勁弩
列炬　細火　細篷　短戟　巨網　短杖　急杵

【上平】華轂　輕轂　芳輦　輕輦　輕騎　飛騎　輕艇　孤艇
輕棹　輕槳　柔櫓　長纜　高盖　輕盖　圓盖　圓鏡
明鏡　圓扇　團扇　輕扇　輕篷　清瑟　清磬　疎磬
長笛　清笛　横笛　殘笛　殘磬　殘角　鳴角　鳴鐸
殘漏　清漏　清杵　殘杵　長枕　清枕　高枕　方席
新火　明燭　華燭　殘燭　長劒　雄劒　長戟　堅甲
强弩　遺鏃　虛器　清斝　清樂　清管　飛箭　空篋
○琴長笛短第十　【上實】【下虛】死
【平】琴長　琴清　琴高　琴横　琴焦　簫清　簫長　簫横
簧清　笙清　砧鳴　砧清　砧疎　鐘鳴　鐘疎　鐘遲
盃長　盃深　盃乾　盃空　盃清　樽空　瓶空　燈明
燈殘　燈微　簾疎　簾低　簾高　碁高　碁閑　碁圓

短簫 繁簫 纖簫 簫高 集高 集簫 舊圓
盃長 盃深 盃清 盃清 梓空 沉空 淡明
資清 笙清 石清 石東 鍾鳴 鍾東 鍾運
琴長 琴高 琴精 琴集 簫小 簫長 簫樂

琴名器篆第十

瑤瑟 清鐘 盧器 清樂 清音 流音 堅甲 空瀛
新火 明燭 華燭 淡燭 長劍 雄劍 長鞭 堅甲
淡火 清漏 清杵 淡杵 長杖 清杖 高杖 古斧
長笛 清笛 橫笛 淡笛 淡簫 淡角 鳴角 鳴鐸
明鏡 圓扇 圓扇 輕扇 清簧 清聲 清聲 遠聲
輕輪 輕車 華軸 長轂 高蓋 輕蓋 圓蓋 圓轂
華轂 輕轂 花輦 輕輦 飛輦 輕艇 飛艇

列炬 細火 細籌 短燭 巨燭 短杖 急杵
利器 利劍 短劍 大劍 古劍 利刃 利鏃 勁弩
古鼎 重鼎 古鏡 古器 大器 重器 小器
細篆 小扇 破硯 古硯 細硯 大筆 健筆 大鼎
短棹 急棹 輕棹 短楫 小楫 短艦 小艇 短屐
大艘 淺艦 巨艦 大艦 大舫 小舫 巨舫 小棹
短篙 小篙 響篙 急篙 飛篙 古鼓 大鼓 敗鼓
細筩 短笛
瘦笳 直笳 曲笳 大弓 勁弓 短兵 利兵 大刀
短帆 短篷 片篷 小輿 曲屏 小屏 小車 小帑
大舟 小舟 大船 小船 巨船 巨艘 小帆 片帆
短琴 短簫 遠簫 細簫 洞簫 短簫 大鐘 遠鐘

鞭長 鞭輕 鞍輕 車輕 舟輕 船輕 帆輕 帆孤
絃鳴 絃危 弓長 檠長 檠高 笳悲 機圓 機空
囊空 囊慳 規圓 衡平 烽銷 筵長
【上去】扇輕 扇圓 扇團 劍長 劍寒 笛清 笛長 笛鳴
笛殘 角殘 角鳴 角悲 高樓鼓角悲 杵忙 箏清 竿清
漏長 漏殘 漏遲 瑟工 瑟希 鼓喧 鼓轟 鼓鳴
燭明 燭銷 燭昏 燭殘 火明 火銷 火殘 鏡明
鏡圓 鑑明 鑑空 筆枯 筆尖 棹輕 艇輕 槳輕
枕閑 蓋輕 網疎 杼空 軸空 準平 砥平
【仄】笛短 笛小 笛響 笛脆 笛亮 角慘 角響 燭短
燭暗 燭滅 漏盡 漏短 筆健 筆老 筆禿 墨妙
硯滑 硯古 紙滑 紙貴 鏡古 鏡破 鑑淨 劍利

弩勁 矢直 鼎重 枕奠 席正
【上平】琴古 琴響 檠短 盃淺 盃滿 盃小 砧急 砧響
鐘遠 鐘響 舟便 舟快 舟小 船小 船穩 帆小
篷短 帆急 鉤曲 燈細 屏小 絃急 弓勁 弓軟

。鐘鳴笛響十一 【上實】【下虛】活

【平】鐘鳴 鐘敲 鐘撞 砧鳴 砧敲 笳鳴 笳吹 笳吟
琴橫 琴鳴 琴彈 琴調 簫吹 簫橫 笙吹 笙橫
笙調 簧吹 弓彎 弓張 弓鳴 弓開 弦張 絃鳴
絃彈 絃調 簾垂 簾開 簾篩 帘翻 筵開 筵陳
盃浮 盃傳 盃銜 盃傾 盃斟 盃開 觴流 觴飛
壺傾 鞭揚 鞭敲 鞭垂 簑披 燈挑 棊圍 棊敲
毫揮 旗飛 屏開 機張

亭運旂流　舉開樂鼓　叢波　滌旅　來圓　其鼓
瑤順鞭　鞭事　盃斟　盃開　龍流　灑流
盃淳盃傳　盃衍盃頂　盃斟　盃開　逆開　逆陳
絃彈絃調　簫籥　簫開　簫籥　笛籥　笛開　延開　延陳
笙調黃　笙響　琴張　笙鳴　琴開　絃張　絃鳴
琴横琴彈　琴調　簫横　簫鳴　逢吹　逢横
鐘鳴鐘鼓　鐘撞　柘鼓　柘鳴　笳鳴　笳吹　笳令
。鐘鳴笛響十一
逢短帆急　短曲　燈細　屏小　絃急　己鬪　己敷
鐘遠鐘響　舟便　舟快　舟小　船小　船穩　帆小
琴古琴響　琴音　箏短　盃淺　盃滿　盃小　話急　話響
管幼　火宜　鼎重　枕真　齋正

樂議卷十　八

硯滑硯古　絃滑　絃貴　鏡古　鏡破　鑑淨　劍利
燭暗燭滅　漏盡　漏短　筆健　筆老　筆老　墨妙
笛短笛小　笛響　笛晚　笛亮　角嫋　角響　燭短
枕開　盞輕　圖寂　杼空　軸空　準平　砥平
鏡圓鑑明　鑑空　筆枯　筆尖　棹輕　艇輕　槳輕
燭明燭銷　燭暗　燭殘　火明　火銷　火殘　鏡明
漏長漏殘　漏遲　簽工　簽希　鼓喧　鼓車　鼓鳴
笛殘角殘　角鳴　角悲　杼忙　章青　箏清
扇輕扇圓　扇圓　韻長　韻寒　笛清　笛長　笛鳴
囊空囊悭　硯圓　衡平　燈銷　燈長
旌高旌亢　旌長　櫓長　槳高　旌長　旌斜　鞭圓　鞭空
鞭長鞭輕　鞭輕　車輕　舟輕　船輕　帆輕　帆空

【去】笛鳴 笛吹 笛橫 笛吟 角鳴 角吹 鼓敲 鼓轟
杵敲 漏傳 漏沉 緲橫 緲鳴 緲揮 杵鳴 簟開
簟舒 席開 席移 席收 盞傾 牟浮 扇搖 扇揮
扇揹 扇藏 盖飛 盖張 盖傾 枕橫 枕欹 筆飛
筆濡 笠披 鏡開 鏡磨 鑑開 杖敲 瑟調 箭飛
箭穿 彈敲 硯磨 硯穿 燭搖 筆扛 健筆扛九鼎 鼎調
鼎烹 宴開

【入】笛響 笛弄 笛噴 角奏 角弄 角響 角送 笛奏
笛送 樂奏 樂舉 樂徹 瑟鼓 鼓打 鼓擊 杵擊
杵擣 緲舞 緲倚 矢激 矢落 矢發 矢去 彈打
彈落 漏轉 漏促 屐折 筆走 筆掃 筆落 筆泚
筆寫 筆舉 箭發 箭去 硯滌 簟展 席展 盞泛

牟泛 宴啓 宴設 燭照 燭滅 鏡照 鏡啓 杖掛
笠荷 扇撲 鼎沸

【上平】鐘響 鐘叩 鐘動 鐘擊 鐘送 更轉 琴弄 琴奏
琴破 琴戛 砧擣 砧作 砧響 砧送 笳奏 笳送
笳響 笙奏 簾捲 簾動 簾揭 筵設 筵罷 筵徹
旗動 旗展 旗捲 旗偃 盃舉 機斷 機發 盃泛
盃覆 壺倒 瓶倒 瓶罄 鞭裊 鞭拂 鞍解 燈照
燈滅 梭擲

○舟行棹舉十二 【上實】【下虛】活

【平】舟行 舟搖 舟移 舟橫 舟歸 舟回 舟開 船歸
船開 船移 船行 帆飛 帆歸 帆收 帆張 車行
車回 車旋 竿垂 竿投 綸垂 綸收 緡收 鈎垂

車回 車旋 卒車 窣拔 綸車 綸收 絡收 鈎車
船開 船移 船行 帆飛 帆歸 帆收 帆張 車行
【平】舟行 舟搖 舟移 舟橫 舟歸 舟回 舟閒 船歸

○舟行棹舉十二 【上實】【下虛】

燈滅 撥燼
盃覆 壺倒 瓶倒 瓶灩 鞭裊 鞭拂 鞍觧 燈照
旗動 旗展 旗捲 旗偃 盃舉 櫂遊 櫂發 盃泛
笳響 笙奏 簾捲 簾動 簾揭 筵設 筵罷 筵徹
琴破 琴憂 砧搗 砧作 砧響 砧送 笳奏 笳送
【上】鐘響 鐘叩 鐘動 鐘擊 鐘送 更轉 琴弄 琴奏
茶話 爐爇 鼎沸
竿收 宴啓 宴設 燭殘 燭滅 鏡照 鏡啓 杖掛
筆寫 筆舉 箭發 箭去 硯滌 簟展 席展 盞泛
彈落 漏轉 漏促 屐折 筆走 筆掃 筆落 筆洗
杵搗 節舞 節倚 矢激 矢落 矢發 矢去 彈打
笛送 樂奏 樂舉 樂撤 瑟鼓 鼓打 鼓擊 杵擊
【入】笛響 笛弄 笛噴 角奏 角弄 角響 角送 笛奏
鼎煮 宴開
箭穿 彈敲 硯磨 硯穿 燭搖 筆扛（九鼎[illegible]筆扛） 鼎調
筆濡 笠披 鏡開 鏡磨 鑑開 杖敲 瑟調 箭飛
扇指 扇撤 盞飛 盞張 盞傾 枕橫 枕欹 筆飛
簟舒 席開 席移 席收 盞傾 箏浮 扇搖 扇揮
杵敲 漏傳 漏沉 節橫 節鳴 節揮 杵鳴 簟開
【去】笛鳴 笛吹 笛橫 笛令 角鳴 角吹 鼓敲 鼓轉

鈎敲　鈎沉
上仄　艇搖　艇藏　槳搖　棹飛　棹横　網收　釣垂　餌沉
纜牽
仄　棹舉　棹鼓　棹擊　楫擊　楫舉　網撒　網舉　餌擲
纜繫
上平　帆掛　帆展　帆卸　舟泛　舟漾　船泊　篷揭　上實　下半虛

○樽前席上十三

平　樽前　樽中　盃中　甌中　壺中　盤中　簾前　舟中
舟邊　船中　船邊　琴中　琴邊　絃中　毫端　箱中
盆中　簾間　屏間　筵間　筵前　帆邊　燈前　爐中
車前　書中　車中　棊中　枰中　囊中
上仄　筆端　硯中　枕前　枕中　枕邊　甕中　甕邊　篋中

籠中　席中　席前　鏡前　鏡中　笛中　網中　釜中
鼎中　盞中　案前　座前　燭邊
仄　席上　座上　甕畔　甕裏　盞裏　几上　案上　枕上
枕畔　笛裏　鏡裏　扇底　筆下　紙上　箔上　燭下
上平　弦上　燈下　簾外　簾内　簾下　船上　船側　船畔
鞍上　氈上　壺裏　瓶裏　盃裏　瓶底　筵上　筵内
筵畔　盤裏　樽裏　觴裏　帆上　機上　機畔　琴裏
琴畔　簾上

○盈樽滿盞十四　上虛死　下實

平　盈樽　盈盃　盈觴　盈壺　盈盤　盈筵　盈巵　盈觥
盈甌　盈舟　盈牀　盈箱　空囊　盈船
上仄　滿樽　滿盃　滿巵　滿壺　滿盤　滿甌　滿筵　滿簾

十六 滿樽 滿盃 滿卮 滿壺 滿盤 滿甌 滿筵 滿觴
盈甌 盈舟 盈床 盈箱 盈囊 盈船
廿 盈樽 盈盃 盈觴 盈壺 盈盤 盈筵 盈卮 盈觥
○盈樽滿盞十四
琴畔 簾上
筵畔 盤東 樽東 觴東 帆上 欞上 欞畔 琴東
欞上 壇上 壺東 瓶東 盃東 瓶底 筵上 筵內
十二 枕上 燈下 簾外 簾內 簾下 船上 船側 船畔
枕畔 箔裏 鏡東 扇底 筆下 紙上 箔上 燭下
八 席上 座上 鏡畔 鏡東 盞裏 几上 案上 枕上
鼎中 燈中 燈前 座前 燭邊
燈中 席中 席前 鏡前 鏡中 簟中 鏡中 瓮中

十六 筆端 硯中 枕前 枕中 枕邊 燈中 燈邊 爐中
車前 書中 車中 幕中 杯中 囊中
盆中 簾間 屏間 筵間 筵前 帆邊 燈前 爐中
舟邊 船中 船邊 琴中 琴邊 紙中 墨端 箱中
十二 樽前 樽中 盃中 甌中 壺中 盤中 簾前 舟中
○樽前席上十三
十二 帆掛 帆度 帆卸 舟泛 舟渡 船泊 船逢
纜繫
八 棹舉 棹鼓 棹擊 楫擊 楫舉 網撒 網舉 餌擲
纜牽
十六 艇操 艇撤 槳搖 棹飛 棹橫 網收 釣垂 餌沉
釣直 釣沉

滿林 滿帆 滿箱 累觴 滿籯 滿船 倒瓶 盡瓶

【仄】滿盞 滿傘 滿榼 滿甕 滿架 滿軸 滿紙 滿幅

滿鏡 滿劍 滿席 滿座 滿案

【上平】盈席 盈座 盈篋 盈几 盈案 盈架 盈幅 盈軸

盈箔 盈盞 盈傘 盈缶 盈甕 傾座 【並實】

【天文】○雲帆月笛十五

【平】雲帆 風帆 煙帆 霜帆 霜鐘 風鐘 煙鐘 煙寺晚鐘

風簾 風琴 風絃 風箏 風鈴 風帘 風砧 風燈

風檣 風船 霜笳 霜砧 霜毫 煙篷 煙簑 雲屏

氷盤 氷壺 霞觴 霜舟

【上仄】月舟 雨舟 雪舟 雪簑 雪船 月砧 雨砧 雨帆

雨簑 雨篷 雪篷 露盤 月琴 雨簾 月簾 雨犁

【仄】月笛 月管 月艇 雪艇 雪笠 雨笠 雨盖 雨楫

雨枕 雨傘 雪刃 雪案

【上平】霜角 霜天曉角 霜笛 風笛 風帽 煙笛 霜管 風管

煙艇 風艇 煙棹 風鐸 風纜 氷硯 星劍 霜刃

星弁 詩會弁如星 霞佩 霞帔 煙幕 雲帳 風燭 氷簟

○敲霜咽月十六 與轟雷閃電互用 【上虛】活【下實】

【平】敲霜 砧 穿雲 笛 鳴霜 鐘 衝煙 船 翻風 圍風 彈風 琴 搖風

揚風 扇 牽星 悲風 鳴風 角 耕雲 犁 鋤雲 薰烟 香 騰烟

披雲 披煙 簑

【上仄】倚天 倚風 笛 障風 屏 弄風 笛弄晚風三四聲 遏雲 曲聲 動風 颸 搖扇動涼颸

吼霜 咽霜 角 搗霜 砧 射雲 弓 破煙 咽風 笳 颺風 舞風

挂風 逐風 帆 載霜 出煙 鐘

挂風　逆風　棲霜　出煙　舞風

【上去】乳霜　咽霜角　攝霜砧　射雲合　破煙　咽風砧　颭風

倚天　倚風笛　障風屏　弄風三四笛弄縷風　遏雲華曲　動風涼

拔雲　拔煙篆

掃風扇　牽星　悲風　鳴風角　耕雲笭　齣雲　薰煙香　勝煙

【平】敲霜砧　穿雲笛　鳴霜鐘　衝煙船　翻風　團風　彈風琴　括風

○敲霜　咽月　十六　與韓雷門重五用

霞屐　霞帔　煙幕　雲屐　風幔　氷簟　【上去】【入】

星弁詩星會弁　煙旌　煙棹　風鐸　風纛　氷鏡　星幟　霜刃

【上平】霜角繡天　風旌　霜笛　風笛　風帽　煙笛　霜管　風管

雨枕　雨傘　雪刃　雲幕

【入】月笛　月管　月旌　雲旌　雲笠　雨笠　雨蓋　雨楫

雨簑　雨蓬　雲蓬　露盤　月琴　雨簾　月簾　雨笠

【上去】月斧　雨斧　雲斧　雲簑　雪船　月砧　雨砧　雨帆

氷盤　氷壺　霞觴　霜斤

風檣　風船　霜旂　霜砧　霜毫　煙蓬　煙簑　雲屏

風簾　風琴　風旆　風箏　風鈴　風帝　風砧　風燈

【平】雲帆　風帆　煙帆　霜帆　霜鐘　風鐘　煙鐘晚煙鐘寺

【天文】○雲帆　月滿　十五　【合韻】

盈沼　盈盞　盈掌　盈缶　盈甕　傾座

【上平】盈席　盈座　盈篋　盈几　盈案　盈架　盈壺　盈軸

滿鏡　滿斛　滿席　滿座　滿案　滿架　滿軒　滿幅

【入】滿盞　滿掌　滿榼　滿甕　滿架　滿軒　滿紙　滿幅

滿林　滿帆　滿箱　滿篋　滿簾　滿船　滿瓶　盡瓶

仄 咽月角 擣月砧 泛月 酹月盃 弄月笛 鑑月 漏日 漏月
蔽日扇 載月滿船空載月明歸 釣月船 步月 射月杜挾矢射漢月 射斗
捲雨珠簾暮捲西山雨 載雪 却日戈 滴露滴露研硃點周易 障日 釣雪
上平 篩月簾 擎雨 敲月砧 邀月舉盃邀明月 擎露盤 披雪簑 鳴月
衝斗劍 量日線 遮日扇
○轟雷閃電十七 上虛 活 下實
平 轟雷鼓 拖霓旌 眠冰
上仄 展霜笳 裂霜笛 爍星漁火爍星出 散星漁火 裊煙香 泛霞杯
仄 閃電紅旗閃電 學月扇 掛月 耀雪劍
上平 修月 搖月扇 飛雹
節令 ○春船夏舫十八與寒砧煖律通用 並實
平 春船 春帆 秋帆 春簑 春犁 春鋤 春樽 秋砧

晨砧 秋笳 晨笳 秋琴 秋簫 晨機 晨鐘 宵鐘
昏鐘 秋船 秋篷 秋燈 春盤 春旗 春簾 春琴
秋檠 春盃 晨燈 更籌
上仄 曉砧 晚砧 夜砧 暮砧 曉鐘 暮鐘 夜鐘 晝琴
晚鐘 夜琴 夏琴 夏絃 夜絃選朝歌夜絃 曉笳 暮笳
夜簫 午棊 晚燈 夜燈 曉燈 夜檠 曉簾 暮簾
曉簑 晚簑 曉舟 晚舟 夜舟 曉帆 晚帆 晚檣
夏棋 夜棋 午觴 午樽 晚樽 晚盃 夜盃 曉梳
曉鞍 曉船 暮船 曉機 夜機
仄 夏舫 曉舫 曉角 暮角 曉笛 晚笛 夜笛 曉鼓
夜鼓 夜杵 曉漏 夜漏 曉箭杜五夜漏聲催曉箭 夏簟 午簟
夜枕 曉枕 午枕 曉扆 曉笠 晚笠 夏扇 午扇

夜砧 曉柝 午炮 曉鼓 曉笳 晚笛 夏扇 午扇
夜鼓 夜柝 曉漏 夜漏 曉箭（晚箭漏） 夏簟 午簟
夏舫 曉舫 曉角 暮角 曉笛 晚笛 夜笛 曉鼓
曉鞍 曉船 暮船 曉艤 夜艤
夏棋 夜棋 午艤 午檣 晚檣 夜盂 曉柝
曉棊 晚棊 曉井 晚井 夜井 曉帆 晚帆 晚檣
夜簫 午棊 晚燈 夜燈 曉燈 夜燕 曉簾 暮簾
晚鐘 夜琴 夏琴 夏絃 夜絃（夜絃） 夜鐘 暮簫 暮琴
曉砧 晚砧 夜砧 暮砧 曉鐘 暮鐘 夜鐘 晝琴
秋蘇 春盂 晨燈 更書
秋鐘 秋船 秋蓬 秋燈 春盤 春旗 春簫 春琴
晨砧 秋砧 晨砧 秋琴 秋簫 晨機 晨鐘 宵鐘

春船 春帆 秋帆 春幕 春簟 春䌷 春樽 秋砧
○春船夏舫十八（冬寒西錦律適用）
修月 搖月（扇） 飛雪
問雷（問路 電旗） 學月（扇） 掛月 擁雪（猶）
展霜 滴露 濯星（星出火滌） 散星（火漁） 泉湮 香泛露（林）
轟雷（鼓） 掩虹（旗） 眠虹 水
○轟雷閃電十七
衝斗（斜） 量日（綠） 邀日（扇）
篩月（簾） 驚雪（西山簾雨卷捲） 敲月（砧） 邀月（明年月孟遠） 驚雪（蘆） 嗚月
捲雨 戴雪 卻日 灑露（照露汲雨麻林） 披雪（葉） 釣雪
激日 戴月（月滿寄城） 釣月 步月 射月（射林漢月夫） 射斗
咽月 攜月 泛月 弄月 舉月 漏日 漏月

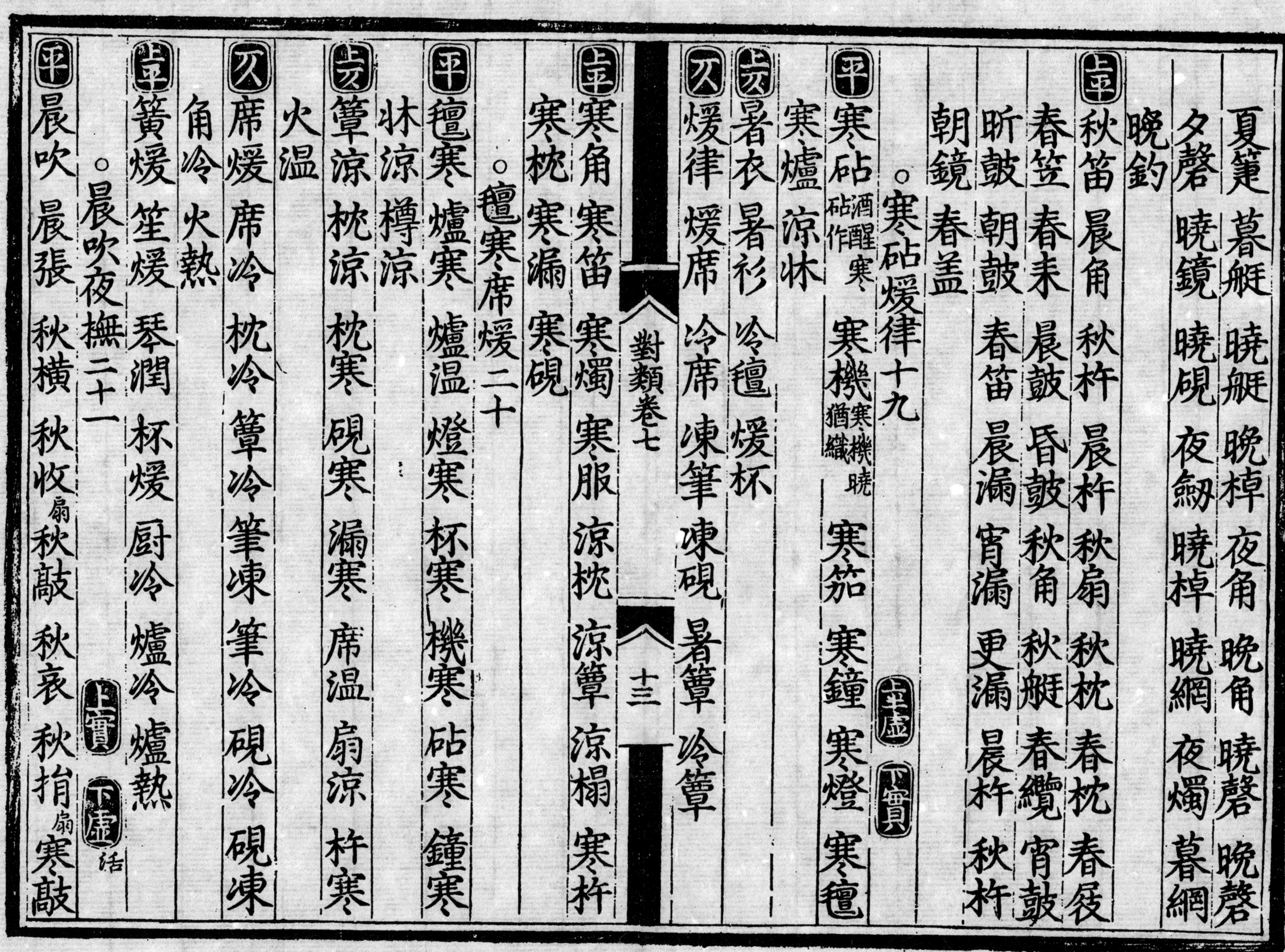

夏篷 暮艇 曉艇 晚棹 夜角 晚角 曉磬 晚磬
夕磬 曉鏡 曉硯 夜魛 曉棹 曉網 夜燭 暮網
晚釣
【上平】秋笛 晨角 秋杵 晨杵 秋扇 秋枕 春枕 春屐
春笠 春耒 晨鼓 昏鼓 秋角 秋艇 春纜 宵鼓
昕鼓 朝鼓 春笛 晨漏 宵漏 更漏 晨杵 秋杵
朝鏡 春盖

○寒砧煖律十九 【上虛】【下實】
【平】寒砧 酒醒寒砧作 寒機 寒機猶織曉 寒笳 寒鐘 寒燈 寒氊
寒爐 涼牀
【上去】暑衣 暑衫 冷氊 煖杯
【入】煖律 煖席 冷席 凍筆 凍硯 暑簟 冷簟

【上平】寒角 寒笛 寒燭 寒服 涼枕 涼簟 涼榻 寒杵
寒枕 寒漏 寒硯

○氊寒席煖二十
【平】氊寒 爐寒 爐溫 燈寒 杯寒 機寒 砧寒 鐘寒
牀涼 樽涼
【上去】簟涼 枕涼 枕寒 硯寒 漏寒 席溫 扇涼 杵寒
火溫
【入】席煖 席冷 枕冷 簟冷 筆凍 筆冷 硯冷 硯凍
角冷 火熱
【上平】簧煖 笙煖 琴潤 杯煖 廚冷 爐冷 爐熱

○晨吹夜撫二十一 【上實】【下虛】活
【平】晨吹 晨張 秋橫 秋收扇 秋敲 秋哀 秋捐扇 寒敲

【平】晨炊 晨裝 秋燈 秋汲[高] 秋鼓 秋衣 秋指[高] 寒鼓

○晨炊夜炊燠二十一

【上】簧煖 莖煖 琴閣 杯煖 廚冷 爐冷 爐熱

角冷 火熱

【上實】【下虛】活

【入】席煖 席冷 枕冷 簟冷 筆冷 筆凍 硯冷 硯凍

火溫

【上】簟涼 枕涼 枕寒 硯寒 漏寒 席溫 扇涼 杵寒

冰涼 樽涼

【平】氊寒 爐寒 爐溫 燈寒 杯寒 幾寒 砧寒 鐘寒

○氊寒席煖二十

寒枕 寒漏 寒硯

【去】寒角 寒笛 寒燭 寒服 涼枕 涼簟 涼榻 寒杵

【入】煖律 煖席 冷席 凍筆 凍硯 暑簟 冷簟

【去】暑衣 暑衫 冷氊 煖杯

寒爐 涼冰

【平】寒砧（砧通作碪） 寒機（酒寒 燈機 曉） 寒笳 寒鐘 寒燈 寒氊

○寒砧砧煖律十九

【上虛】【下實】

朝鏡 春盞

昕鼓 朝鼓 春笛 晨漏 宵漏 更漏 晨杵 秋杵

春笙 春來 晨鼓 昏鼓 秋角 秋旗 春鶯 宵鼓

【去】秋笛 晨角 秋杵 晨杵 秋扇 秋枕 春枕 春夜

晚鈞

夕露 曉鏡 曉硯 夜翦 曉棹 曉網 夜燭 暮網

夏簟 暮簾 曉簾 曉棹 夜角 曉角 曉露 曉露

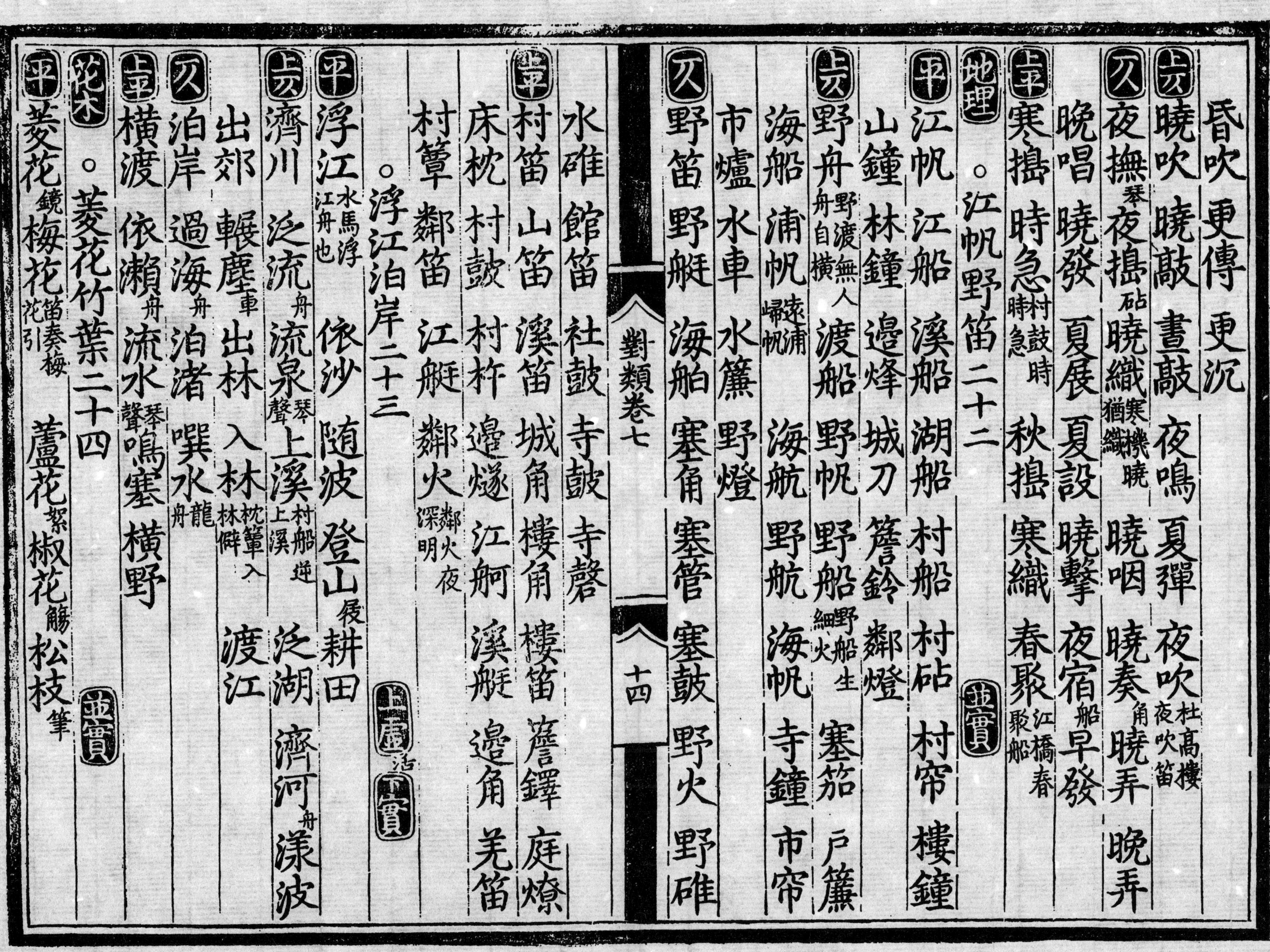

昏吹　更傳　更沉

【上去】曉吹　曉敲　晝敲　夜鳴　夏彈　夜吹（杜高樓夜吹笛）

【入】夜撫（琴）　夜擣（砧）　曉織（寒機猶織曉）　曉咽　曉奏（角）　曉弄　晚弄

晚唱　曉發　夏展　夏設　曉擊　夜宿（船）　早發

【上平】寒擣　時急（村鼓時時急）　秋擣　寒織　春聚（江橋春聚船）

【地理】

○江帆野笛二十二　【並實】

【平】江帆　江船　溪船　湖船　村船　村砧　村帘　樓鐘

山鐘　林鐘　邊烽　城刀　簷鈴　鄰燈

【上去】野舟（野渡無人舟自橫）　渡船　野帆　野船（野船生細火）　塞笳　戶簾

海船　浦帆（遠浦歸帆）　海航　野航　海帆　寺鐘　市帘

市爐　水車　水簾　野燈

【入】野笛　野艇　海舶　塞角　塞管　塞鼓　野火　野碓

水碓　館笛　社鼓　寺鼓　寺磬

【上平】村笛　山笛　溪笛　城角　樓角　樓笛　簷鐸　庭燎

床枕　村鼓　村杵　邊燧　江舸　溪艇　邊角　羌笛

村簟　鄰笛　江艇　鄰火（鄰火夜深明）

○浮江泊岸二十三　【上虛活下實】

【平】浮江（水馬浮江舟也）　依沙　隨波　登山（屐）　耕田

【上去】濟川　泛流（舟）　流泉（琴聲）　上溪（村船逆上溪）　泛湖　濟河（舟）　漾波

出郊　輾塵（車）　出林　入林（枕簟入林僻）　渡江

【入】泊岸　過海（舟）　泊渚　噀水（龍舟）

【上平】橫渡　依瀨（舟）　流水（琴聲）　鳴塞　橫野

【花木】

○菱花竹葉二十四　【並實】

【平】菱花（鏡）　梅花（笛奏梅花引）　蘆花（絮）　椒花（觴）　松枝（筆）

平 絲弦 簫管 竹弦 林公 校文 筆

仄 ○對類第二十四

去 橫渡 夜瀨 流水 鷺集 橫野 渡江 濟河 漾波

入 泊岸 過海 泊渚 水林

去 出郊 輾轉 出林 入林 渡江

平 濟川 汲流 流泉 上溪 汲湖 濟河 漾波

平 浮江 依沙 隨波 登山 耕田

○浮江泊岸二十三

去 村莫 雜館 江艇 雜火 江岡 溪艇 邊角 美笛

平 原坑 村鼓 村杵 邊燧 溪艇 邊角 美笛

去 村落 山館 溪館 城鼓 樓角 樵笛 雁聲

入 水涯 倉館 社鼓 寺鼓 寺磬 庫燈

入 野館 野艇 海舶 寒倉 寒管 寒鼓 野火 野雁

去 市壚 水車 水簾 野燈 野旆 海帆 寺鐘 市簾

平 海舶 浦帆 渡船 野帆 野船 寒砧 弓簾

去 野舟 林鐘 邊烽 城刀 蘆鈴 雜燈

平 山鐘 江船 溪船 湖船 村船 村砧 村帘 樓鐘

平 江帆 野店

○江帆野店二十二

平 寒燒 時急 秋燒 寒織 春眠

去 曉唱 曉發 夏夜 夏設 曉擊 夜宿 早發 曉弄

入 夜撫 夜搗 曉織 夜鳴 曉咽 曉奏 曉弄

去 曉吹 曉鼓 書鼓 夜鳴 夏蟬 夜吹

平 昏吹 更傳 更沉

〔仄〕竹葉 竹管笛 薤葉簞

〔上平〕蘆葉胡人捲蘆葉而吹故曰胡笳 楊葉穿箭 蒲葉緉 桃葉扇 梅管笛 荷葉

蓮葉舟

○蓮舟桂棹二十五 與花氊竹簟互用 〔並實〕

〔平〕蓮舟 蘭舟 蘭橈 松舟詩檜楫松舟 蒲帆 花籃 桐琴

桃符 楊舟 花鈿 藤床 蒲觴 椒觴 椒盤 花燈

蓮燈 藜燈劉向校書天禄閣有老父植青藜杖吹之烟然 蘭膏 蘆笳 蓑衣

楸枰 籃輿

〔上去〕竹節 筍輿 柏舟 麥舟 桂舟 桂航 稻鐮 竹筒

〔仄〕桂棹 檜楫 竹笛 竹篦 木筏 篛笠 竹簡 竹杖

竹枕

〔上平〕蒲扇 葵扇 花扇 檀杖 菱鏡 蓮炬 蘭燼 蘭槳

蘭棹 藜杖 藜筇 藤杖

○花氊竹簟二十六 〔並實〕

〔平〕花氊 花毬 檀車 香車 莎車 蒲鞭 蒲團 蓮船

蓮臺 荷盃 麻鞋 桃盃 蓮盃 荷盤 桑弧 蘆笳

桃符 芒鞋

〔上去〕菊觴 藁砧 竹牀 竹符 竹冠 草鞋 竹爐

〔仄〕竹簟 筍席 草席 竹箭 桂楫 葛屨 草屨 木鐸

木輅

〔上平〕蘭佩 花鼓 松管 花管 花燭 藜炬 槐火 榆火

花簟 藤簟 花角 梅角 梅鼎 蓬矢 花筆

○燈花簟竹二十七 〔並實〕

〔平〕燈花 簾花 船篷 絲桐

入 竹葉 竹節 蕉葉 章

平 蘆葦 被頭日入帶蘆葦花史 楊葉 萍藻 蒲葉 荷葉 蘋葉

蓮葉 毋

○蓮并桂棹二十五 與花圖竹簟互用

平 蓮舟 蘭舟 蘭橈 松舟 松詩檜楫 蒲帆 花舫 桐舟

桃楫 楊舟 花舫 藤槳 蒲帆 桂舟 花艇 桐槳

蓮艘 漆舟 又圖向校書天祿閣有青藜杖 蘭亭 蘆舟 荷艇 葉舟

楸木 梓舟 荷盃 竹笋 杏仁 花槳

竹杖 桂棹 竹筒 竹篙 木笏 柏舟 藜杖 竹枕

入 竹節 竹節 竹簾 木履 竹籜 竹簡 竹杖

上 蒲扇 藜杖 花竹 荷杖 葵扇 蓮座 蘭蕙 藤枕

蘭棹 藜杖 藜篙 藤杖

○花圖竹簟二十六

平 花圖 花毬 圖車 香車 竹車 蒲輪 蒲團 蓮臺

蓮臺 荷盃 麻鞋 桃盃 蓮盃 荷盤 藜床 蘆席

桃符 芒鞋

上 藤簾 竹床 竹枕 竹冠 草鞋 竹爐

入 竹簟 草席 竹箭 桂楫 葛履 草屨 木榻

木榻

平 蘭佩 花鈿 松簪 花勝 藜笠 大鐙

花萼 藤簟 花面 梅鼎 蓬火 花筆

○發花竹簟二十七

平 發花 蓮花 船 蓬 桐

上去 杖藜 燭花 炬蓮 鈎竿 劒芒 筆花

入 簟竹 杖竹 箭竹 釣竹 扇竹 筆管 檄草

上平 簾竹 篙竹 笻竹

鳥獸

○龍車鳳輦二十八 與牛刀馬勒互用 並實

平 龍車 龍輿 鸞輿 龍舟 端午龍舟競渡 龍船 螺杯 鸞簫

鸞釵 漁舟 螢囊 牙牀 犀梳 犀錢 東坡賀人生子詞犀錢玉果

烏檣 杜烏檣終歲飛 牙檣 鰕簾 膏油 焚膏油以繼晷 犧樽

上去 雀屏 蟻樽 浮蟻酒樽也 象樽 獸樽 兕觥 角杯也 象牀

鶴軒 象環 象梳 象棊 象盤 象箸 鳳簫 兔毫

虎符 漢以虎符發兵 角弓 鳳笙

入 鳳輦 鳳駕 鶴駕 鶴馭 象馭 象輅 鳳管 鳳笛

象板 虎枕 象管 象簡 象笏 雉扇 羽扇 蠟炬

上平 龍笛 龍管 龍劒 鸞鏡 鸞輅 鳩杖 梟舄 鵲硯

獸炭 羯鼓 象筋 兔筆 鳳盖 鳳枕 虎節

犀簟 犀筋 犀管 龍鼎 龍節 鼉鼓

○牛刀馬勒二十九 並實

平 牛刀 割雞焉用牛刀 螢囊 車胤聚螢照書 魚船 魚竿 魚鉤 魚榔

鵝籠 鸞刀

上去 兔罝 雀羅 雉羅 鴈弓 馬鞭 馬鞍 馬銜

入 馬勒 馬策 馬轡 馬櫪 虎柙 虎兕出于柙

上平 龜櫝 龜玉毀于櫝中 魚網 魚釣 魚罟 魚鑰

○驚魚撲蝶三十 與鳥獸門攀龍附鳳互用 上虛 活 下實

[illegible] 驚魚 鈎 飛鸞 鏡 鳴鯨

[illegible] 射鵰 射鴻 弓 截蛟 劒 解牛 刀 聚螢 囊聚螢照書 得魚 網 取魚

鼠射 鳥書 蟲文 書 十七 龜文 魚書 魚 反 魚

○蟲魚 燕蝶 三十

龜背 龜甲 馬蹄 魚網 魚鱗 魚鈎 魚 魚鱗

馬勃 馬鞭 馬首 馬足 馬蹄 馬革 馬策

虎頭 鳥羅 雁足 馬鞭 馬

鷓鴣 牛刀

牛刀 魚羹 魚鳥 魚貫 魚

○牛刀 馬勃 二十九

牛童 牛筋 牛首 龍鼎 龍節 鼉鼓

龍笛 龍管 鶴 鶴杖 鳥 鵲

麒麟 麟角 虎筆 鳳 鳳枕 虎旗

象板 虎旗 象管 象簡 象笏 龜甲 鳳

鳳輦 鳳駕 鶴駕 鶴馭 象馭 象輅 鳳管 鳳笛

虎符 漢發兵以虎符 角弓 鳳笙

鶴軒 象環 象梳 象棋 象盤 象樽 鳳簫 兔毫

雀屏 蟻樽 象樽 獸樽 兕觥 象林

鳥檣 牛檣 龍簫 高 油 蟻樽

鸞釵 燕弁 蟻林 雁 鳳

龍車 龍輿 鸞輿 龍舟 龍船 馬林 鸞簫

○龍車 鳳輦 二十八

藻行 鸞行 鵷行 雁行 筆管

鶯行 枝行 鵲行 雁行 草

枚 鶯花 蓮 花

撲螢(扇) 舞鸞(鏡舞孤鸞影) 餌魚(釣) 散鴉(烈炬散林鴉) 釣魚(船)

仄 撲蝶(扇) 引鳳(笛) 射鴈 斬馬(劒) 礙燕(簾) 夢蝶(枕) 躍馬(鞭) 策馬

平 驚鴈(角) 翻燕(幙) 通燕(捲簾通燕子) 驚鶴(碁)

人物

○虞琴孔劒三十一

平實

平 虞琴(虞舜彈五絃之琴) 商舟 韓檠 陶琴 殷盤 韓燈(韓燈火稍可親)

齊竽 顏瓢(顏子一瓢飲) 秦箏(詞想秦箏尚鳴金屋) 嵇琴(嵇康引琴而彈) 虞絃

牙琴 牙絃(伯牙之絃) 秦簫(秦女吹簫) 萊衣 豐鍾 陶梭

陶巾 齊韶 韓編(簡編可卷舒) 虞韶(虞舜作韶樂)

上去 舜絃 舜韶 孔琴 戴琴 許瓢(許由瓢) 越弓 楚弓

楚襟 祖鞭 董帷 李舟(李郭仙舟) 楚帆 葛笻 祖舟

舜琴

仄 孔劒 孔席 舜木(舜立謗木) 舜鼓(舜立諫鼓) 楚管 楚笛

楚瑟(楚王鼓瑟) 禹律 趙鼎(趙國重九鼎) 孟帽(孟嘉落帽) 禹冕

漢網(漢網漏吞舟魚) 婕扇(班婕妤扇) 謝屐(謝靈運登山屐) 畢甕(畢卓甕下)

點瑟(曾點鼓瑟鏗爾舍瑟而作) 孔轍 孟轍

平 班扇 韓簡 邊笥(邊孝先五經笥) 周冕 湘瑟(湘靈鼓瑟) 恬筆

超筆(班超投筆) 齊瑟 桑硯(桑維翰鐵硯) 倫紙 般斧 徐榻

蕃榻 堯鼓 周鼎 雷劒(雷煥送劒) 湯網(湯王祝網) 秦筑

陶甓(陶侃運甓) 馮鋏(馮驩彈鋏) 商楫 秦轍

○朝車禁鼓三十二

平實

平 朝車 宮車 公車 朝簪 宮鐘 宮簫 朝鞭 胡笳

胡琴 番船

上去 御爐 御筵 御簫 御香 禁鐘 戰船 戰帆

仄 禁鼓 禁漏 羯鼓 戍鼓 戰鼓

〔仄〕禁鼓 禁漏 譙鼓 戍鼓 戰鼓

〔去〕御爐 御筵 御簾 御香 禁鐘 戰船 戰帆

胡琴 番舶

〔平〕朝車 宮車 公車 朝簪 宮鐘 宮簾 朝鞭 胡笳

○輅車 禁鼓 三十二

陶鑄（[illegible]） 馮鋏（[illegible]） 商彝 秦鏡

蕃精 羌鼓 周鼎 雷斧（[illegible]） 湯盤（[illegible]） 秦筑

趙筆（[illegible]） 齊瑟 秦鏡（[illegible]） 偏然 般斧 徐娟 信筆

〔仄〕班扇 韓箭 邊言（[illegible]） 周冕 湘瑟（[illegible]） 般斧

點瑟（[illegible]） 孔鞭 孟鞭

漢節（[illegible]） 嫦娥（[illegible]） 謝屐（[illegible]） 鬼?

楚瑟（[illegible]） 禹律 趙鼎（[illegible]） 孟帽（[illegible]） 鬼?

〔仄〕孔鼎 孔席 舜木（[illegible]） 舜鼓（[illegible]） 楚雷 楚笛

舜琴

〔去〕楚樂 祖鞭 董帷 李弁（[illegible]） 楚冠 葛帝 祖弁

舜弦 舜韶 孔琴 廣琴 許瓢（[illegible]） 趙三 楚三

陶中 齊韶 韓綸（[illegible]） 虞韶（[illegible]） 萊衣 豐鐘 陶校

〔平〕于琴 于弦（[illegible]） 秦簫（[illegible]） 秦箏（[illegible]） 嵇琴（[illegible]） 虞弦

齊竽 顏瓢（[illegible]） 秦箏 嵇琴 韓燈（[illegible]）

虞琴（[illegible]） 商舟 韓燕 陶琴 殷盤 韓燈

〔入〕○虞琴 孔鼎 三十一

〔去〕繁纓 番旗（[illegible]） 蘇鞭

〔上〕漢鼎 弘鳳 虞旗 東馬 孤舟 雲鶴

〔仄〕楚筆 舜衡 鶴鳥 漁舟 伯魚

上平 宮漏 胡笛 番笛 番舶 羌管 羌笛
○漁舟牧笛三十三 並實
平 漁舟 漁船 漁簑 樵簑 農簑 漁歌 樵歌 僧鐘
賓筵 漁燈 吟笻 漁竿 樵斤 戎車 仙舟 書燈
禪牀 吟鞭
上仄 客船 客舟 客帆 客裝 女機 女梭 女奩 釣舟
釣船 將旗 釣簑 釣竿 釣絲 釣綸 釣筒 客琴
客盃 買盃 佛燈 客燈
仄 牧笛 牧笠 釣笠 客枕 客席 客棹 客艇 客帽
客劒 講席 講座 釣艇 相鼎 相印 佛榻 女扇
戎角
上平 漁笛 樵笛 漁笠 樵笠 農笠 農耒 樵斧 師席

賓席 鄰火 僧枕 漁艇 漁火 漁網 漁罟 禪几
禪筆 吟几 禪榻 仙笛 仙樂
人事 ○揚鞭策杖三十四 與衣服門披襟解帶互用 上虛 活 下實
平 揚鞭 搖鞭 携鞭 揮鞭 投鞭 垂鞭 加鞭 鳴鞭
停鞭 留鞭 開簾 鈎簾 掀簾 垂簾 收簾 褰簾
鳴琴 調琴 彈琴 橫琴 携琴 調絃 鳴絃 調箏
鳴箏 彈箏 吹笙 調笙 吹簧 調簧 吹簫 鳴簫
吹竽 鳴鐘 撞鐘 敲鐘 鳴笳 吹笳 鳴砧 敲砧
鳴榔 浮舟 移舟 撐舟 行舟 乘舟 登舟 焚舟
維舟 乘船 撐船 移船 行船 登船 搖船 開船
張帆 開帆 舒帆 收帆 開篷 掀篷 撐篙 移篙
垂綸 收綸 收緡 垂緡 垂鈎 收鈎 敲鈎 提竿

畫鷁 收鷁 收鷁 畫鷁 畫鷁 收鷁 鼓鷁 擬篙
張帆 開帆 舒帆 收帆 開篷 逆篷 撐篙 移篙
維舟 泊船 撐船 移船 行船 登船 搖船 開船
鳴榔 浮舟 移舟 撐舟 行舟 乘舟 登舟 發舟
吹笙 鳴鐘 撞鐘 敲鐘 鳴笳 吹笳 鳴磬 敲磬
鳴箏 彈箏 吹笙 調笙 吹簧 調簧 吹簫 鳴簫
鳴琴 調琴 彈琴 撫琴 攜琴 調絃 鳴絃 調絃
停鞭 擱鞭 開簫 鈎簫 撚簫 畫簫 收簫 弄簫
揚鞭 搖鞭 揮鞭 撣鞭 投鞭 垂鞭 加鞭 鳴鞭

〔平〕〔入〕。撲漿 東枝 三十四 與衣服門旗旛帶互用 〔上虛〕活 〔下實〕

禪筆 吟几 禪榻 仙笛 仙樂
賓席 漁火 僧坊 漁艇 漁火 漁綱 漁罟 禪几

〔上實〕漁笛 樵笛 漁笠 樵笠 農簑 農耒 樵斧 師席
戍角
客綠 講席 講座 釣艇 相鼎 相印 佛鑰 女扃
〔入〕牧笛 牧笠 釣笠 客枕 客席 客棹 客艇 客帽
客盃 賈盃 佛燈 客燈
釣船 待旗 釣蓑 釣竿 釣絲 釣綸 釣筒 客琴
〔去〕客船 客帆 客來 女機 女紋 女窗
禪林 吟鞭
賓筵 漁燈 吟竿 漁竿 樵斤 牧車 仙舟 書燈
〔平〕漁舟 漁船 漁簑 樵簑 農簑 漁歌 樵歌 僧鐘

。漁舟 牧笛 三十三 〔下實〕

〔上實〕宮漏 胡笛 番笛 番舶 美齋 美笛

垂竿 收竿 乗槎 乗桴 穿針 停針 敲針（稚子敲針作釣鉤）
開樽 携樽 飛樽 流觴 傳觴 稱觴 飛觴 飛觥
傳杯 流杯 傾杯 持杯 浮杯 沉杯 銜杯 貪杯
提壺 携壺 投壺 持瓶 圍棊 推棊 敲棊 鳴棊
彈棊 收棊 乗車 登車 隨車 乗軒 鳴車 升車
携笻 扶笻 拖笻 扶藜 携鋤 彎弓 張弓 彎弧
垂弧 移燈 挑燈 明燈 燒燈 燃燈 焚膏 圍爐
開爐 當壚 揮戈 操戈 投戈 揚旌 搴旗 操刀
移牀 抛梭 披簑 開筵 推枰 登梯 揮毫 濡毫
鳴機 停橈 鳴珂 張筵 扶犂 揮斤 書紳 垂紳
垂纓 攀鞍

上六

捲簾 放簾 下簾 揭簾 撫琴 抱琴 鼓琴 弄琴

聽琴 鼓簧 奏簧 泛樽 倒樽 舉杯 捧杯 挈壺
酌罍 捧巵 舉觴 倒壺 舉鞭 裊鞭 拂鞭 着鞭
執鞭 躍鞭 跨鞍 解鞍 卸鞍 下車 駐車 出車
泛舟 艤舟 泊舟 漾舟 盪舟 買舟 泊船 泛船
渡船 上船 下船 放船 掉船 掛帆 展帆 卸帆
舉帆 扣舷 把竿 執竿 擣砧 拂砧 叩鐘 挽弓
挾弓 掛弓 射弓 帶弓 剔燈 擁爐 試爐 荷鋤
擁犂 執戈 倒戈 荷戈 舞干 執干 對牀 下床
荷竿 擲梭 下機 斷機 下棊 控弦 上弦 染毫
弄簫 策笻 引杯（杜看劒引杯長） 卷篷 揭篷 把鋤 帶鋤
荷鋤 戲毬 築毬 打毬 覆鈎 下鈎 拭砧（杜秋至拭清砧）
泛觴

仄 策杖 倚杖 拄杖 植杖 下榻 對榻 設榻 仗劍
撫劍 執劍 倚劍 舞劍 賣劍 淬劍 拔劍 伏劍
把劍 佩劍 下筆 落筆 執筆 握筆 握管 舉筆
把筆 走筆 絶筆 泚筆 閣筆 洗硯 滌硯 鑄硯
搦管 造紙 落紙 剪紙 舉盞 泛盞 把盞 洗盞
泛斝 挈榼 下箸 舉箸 展簟 弄笛 奏笛 壓笛
鼓瑟 舍瑟 擊鼓 伐鼓 奏鼓 擊磬 奏樂 作樂
徹樂 擊柝 振鐸 撥棹 舉棹 倚棹 放棹 鼓枻
擊楫 泛楫 漾槳 泛艇 結纜 繫纜 解纜 結網
舉網 撒網 解網 下釣 把釣 設餌 頂笠 荷蕢
荷鍤 命駕 促駕 枉駕 攬轡 按轡 執轡 把鏡
照鏡 對鏡 鑄鏡 啓鏡 覽鏡 秉燭 剪燭 舉燭
點燭 隱几 設几 舉耒 負耒 載耒 挾矢 發矢
舍矢 挾彈 射箭 發箭 放箭 貫甲 帶甲 被甲
棄甲 破斧 仗節 仗鉞 奏角 引角 舉幟 設宴
設席 展席 促席 鑄鼎 擊筑 鼓缶 擊缶 擊石
拊石 釋屩 駐蹕 卧轍 負笈 側枕 就枕 舉扇
捉扇 畫扇 把扇 執扇 染墨 洒墨 列俎 越俎
取帚 執爨 盥爵 洗爵 滌爵 滌器 設樂 鼓樂
舉案 洗鉢 免胄 秉鉞 負劍 執笏 擁篲 躡屐
着屐 折屐

上平 吹笛 橫笛 鳴笛 調瑟 吹律 鳴杵 鳴鼓 敲鼓
鳴劍 橫劍 提劍 揮劍 飛劍 辭劍 彈鋏 開鏡
看鏡 磨鏡 開鑑 開匣 欹枕 推枕 揮扇 搖扇

揹扇（桑扇也） 藏扇 抽矢 飛矢 投矢 投箭 披甲
飛盖 傾盖 張盖 擎盖 移棹 維棹 鳴棹 搖棹
停棹 鳴櫓 搖櫓 搖艇 搖槳 推槳 移槳 垂釣
收釣 敲釣 垂餌 抛餌 濡筆 投筆 呵筆 研硯
磨硯 研墨 磨墨 調[illegible] 吹角 鳴角 鳴磬 敲磬
敲鐙（玉面郎敲金鐙轉） 揮麈 開宴 排宴 燒燭 傳燭 燃燭
燒炬 燃炬 催燭 張席 鋪席 分席 推轂 扶杖
持杖 凭几 舒簟 鋪簟 持斧 持節 收網 張網
扶耒 垂轡 乘輅 傳箭 吹管 鳴柝 飛錫 調鼎
藏匱

○聞笳聽笛三十五 上半虛 活 下實

平 聞笳 聞鐘 聞鈴（夜雨聞鈴腸斷聲） 聞琴 聞棊 看棊 聞砧

聞韶 聞韡
上去 看棊 聽鐘 望鋒 望舟（小樓日日望歸舟） 待船 喚船 對牀
聽琴
入 聽笛 聽角 聽鼓 聽樂 對鏡 覽鏡 對榻 對奕
見彈（見彈而思鴞炙）
上平 聞角 聞笛 看劍（杜看劍引盃長） 看鏡（杜功業頻看鏡） 聞鼓（聞鼓鼙而思將帥）
聞樂 聞漏 傳漏

○歸鞍去棹三十六 上虛 死 下實

平 歸鞍 回鞍 征鞍 吟鞍 吟鞭 回鞭 歸鞭 回舟
歸舟 來舟 征帆 飛帆 歸帆 歸檣 回檣 回轅
回車 離舟 離觴 離杯 離筵 歸裝 行裝 行囊
行軒 征車 歌筵

行軒 征車 歌筵 離杯 離筵 歸裝 行囊
回車 離舟 離觴 飛帆 歸帆 歸檣 回檣
歸舟 來舟 征帆 飛帆 歸帆 歸檣 回舟
歸鞭 回鞍 征鞍 吟鞍 吟鞭 回鞭 歸鞭
○臨歧 撒袂 去棹 三十六
閒樂 閒適 傳語
閒角 閒笛 清角 清簫 閒韻
鳳彈
聽笛 聽角 聽鼓 聽樂 對鏡 聞鐘 對燭 對奕
聽琴
清碁 聽鐘 坐鐘 望舟 待船 坐船 對床
閒韶 閒簫

閒話 閒鐘 閒鈴 閒琴 閒碁 看碁 閒話
○閒話 閒話 聽笛 三十五
藏匱
扶來 無聲 乘轎 傳詩 吹管 隱杵 飛鐺 調鼎
持杖 倚几 舒章 鋪章 持斧 持斧 撥弦 細葛
燒炬 燃燭 催燭 披席 鋪席 分席 推轂 杖夫
敲鐙 揮塵 開寶 排宴 燒燭 傳燭 燃燭
磨硯 磨墨 調筆 吹角 鳴角 鳴磬 敲磬
收鈴 敲鈴 點筆 濡筆 投筆 呵筆 研硯
停棹 鳴櫓 搖櫓 搖槳 推槳 移槳 擊槳
飛蓋 傾蓋 張蓋 擎蓋 移棹 維棹 鳴棹 搖棹
揮扇 撼扇 抽矢 飛矢 投矢 拔箭 拔甲

〔上去〕去舟 去帆 去裝 去船 去鞍 祖筵 祖送也 祖觴
祖杯 餞杯 餞觴 別筵 賀杯 慶杯
〔入〕去棹 過棹 去艇 去旆 返旆 祖席 餞席 別酒
賀席 舞席 枉駕 去騎 走騎
〔上平〕征轡 歸轡 行旆 征旆 歸旆 回旆 行騎 征騎
歸騎 奔騎 回騎 歸棹 征棹 回棹 離席 飛矢
流矢

○同車共席三十七 〔上虛〕死〔下實〕

〔平〕同車 同舟 易澤同舟曰濟 同船 同堂 同樽 同衾 連牀
同牀 同盤 同門 同門曰朋 同居 聯輿 聯鑣 聯車
連檣
〔去〕共車 共舟 共衾 對牀 風雨對牀眠 並車 共輿 共燈
共牢

〔入〕共席 合席 接席 共枕 並枕 並駕 並座 並几
共轡 對榻 並轡 對座
〔上平〕同席 重席 分席 同宴 同榻 聯轡 聯騎 同座
同軌

〔身體〕○琴心帶眼三十八 〔並實〕

〔平〕琴心 李琴心三疊道初成 杯心 盤心 船頭 竿頭 檣頭 篙頭
釵頭 牀頭 刀頭 杜何日大刀頭環也 弓腰 矛頭 鋤頭 爐頭
針頭 簾額
〔上去〕筆頭 筆鋒 筆毛 筆心 甕頭 醡頭 榰頭 杖頭
箭頭 枕頭 劒鋒 軸頭 弩牙 燭心 鏡心 案頭
筋頭

鏃頭
去 箭頭 枕頭 鋒 軸頭 岸手 燭心 鏡心 案頭
筆頭 筆鋒 筆心 甕頭 醉頭 梢頭 杖頭
針頭 簾頭
釵頭 林頭 刀頭（頭刀 魏明也日大刀） 弓弩 矛頭 鈎頭 爐頭
平 琴心（當琴 道琴 扣心 成三） 杯心 盤心 船頭 竿頭 檣頭 篙頭
○琴心帶眼三十八
同軌
平 同席 連席 分席 同宴 同榻 聯轡 聯騎 同座
共轡 對榻 並轡 對座
入 共席 合席 接席 共枕 並枕 並簾 並座 並几
共牢

對類卷七　二三

上 共車 共舟 共衾 對林（林風雨對） 並車 共輿 共蓋
連檣
同林 同盤 同門（通同門日） 同居 聯輿 聯鑣 聯車
平 同車 同舟（日濟日同舟） 同船 同堂 同樽 同衾 連林
○同車共席三十七
流矢
歸騎 奔騎 回騎 歸棹 征棹 回棹 離席 飛矢
征轡 歸轡 行旆 征旆 歸旆 回旆 行騎 征騎
賓席 舞席 枉駕 去騎 來騎
入 去棹 過棹 去艇 去旆 返旆 祖席 餞席 別酒
祖杯 餞杯 餞觴 別筵 賀杯 慶杯
上 去舟 去帆 去棹 去船 去纜 祖筵（祖餞也） 祖觴

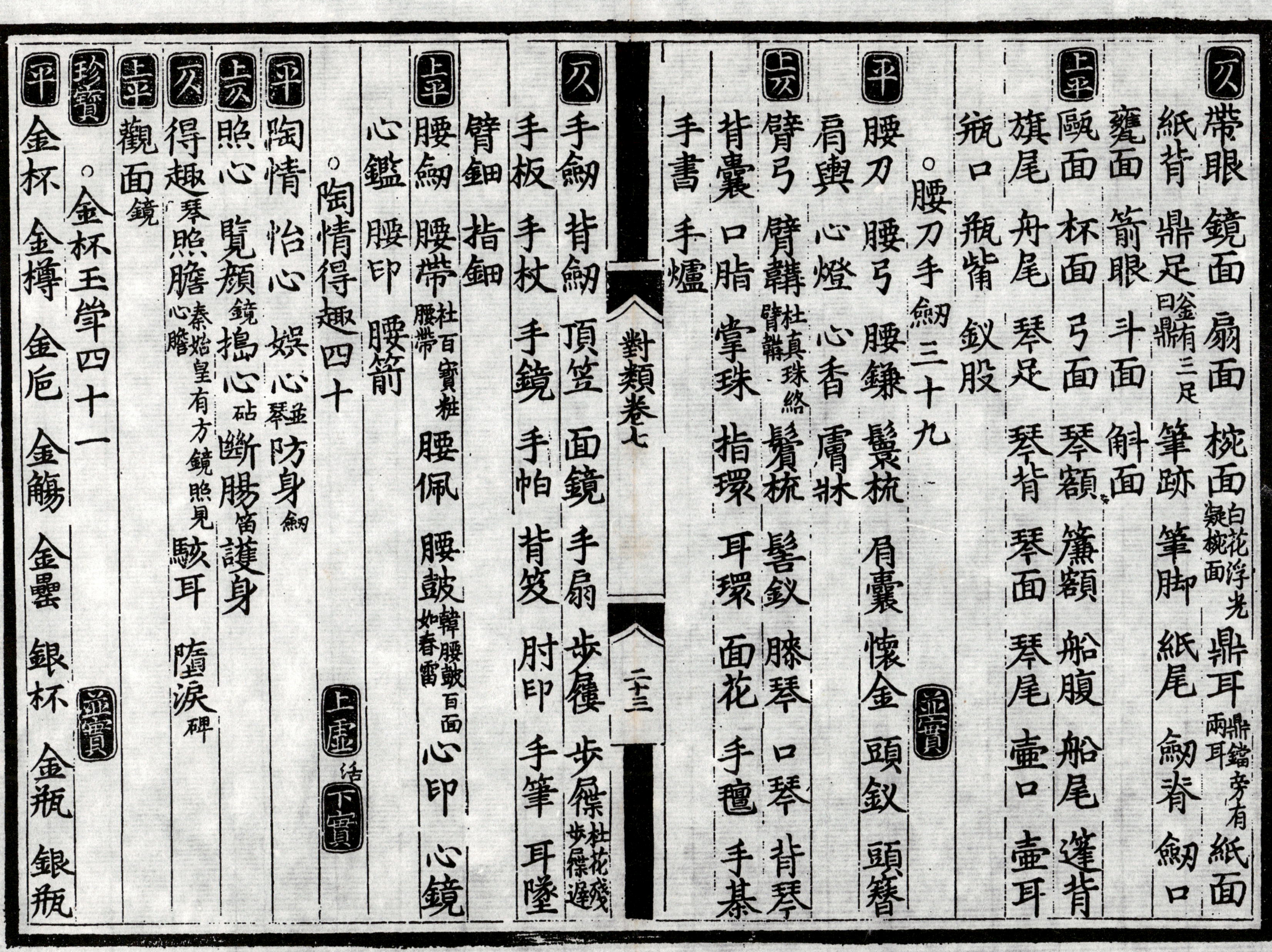

仄 帶眼 鏡面 扇面 梳面（白花浮光疑梳面） 鼎耳（鼎鐺旁有兩耳） 紙面
紙背 鼎足（釜曰鬲有三足） 筆跡 筆脚 紙尾 劍脊 劍口
甕面 箭眼 斗面 斛面
上平 甌面 杯面 弓面 琴額 簾額 船腹 船尾 篷背
旗尾 舟尾 琴足 琴背 琴面 琴尾 壺口 壺耳
甁口 甁背 釵股
並實

○腰刀手劍三十九

平 腰刀 腰弓 腰鐮 鬢梳 肩囊 懷金 頭釵 頭簪
肩輿 心燈 心香 膺牀
上仄 臂弓 臂鞲（杜真珠絡臂鞲） 鬢梳 髻釵 膝琴 口琴 背琴
背囊 口脂 掌珠 指環 耳環 面花 手氈 手棊
手書 手爐

仄 手劍 背劍 頂笠 面鏡 手扇 步屧 步屧（杜花殘步屧遲）
手板 手杖 手鏡 手帕 背笈 肘印 手筆 耳墜
臂釧 指釧
上平 腰劍 腰帶（杜百寶粧腰帶） 腰佩 腰鼓（韓腰鼓百面如春雷） 心印 心鏡
心鑑 腰印 腰箭
上虛活 下實

○陶情得趣四十

平 陶情 怡心 娛心（並琴） 防身（劍）
上仄 照心 覽顏（鏡） 擣心（砧） 斷腸（笛） 護身
仄 得趣（琴） 照膽（秦始皇有方鏡照見心膽） 駭耳 墮淚（碑）
上平 覩面（鏡）

珍寶 ○金杯玉斝四十一

平 金杯 金樽 金卮 金觴 金罍 銀杯 金甁 銀甁
並實

【平】金杯 金樽 金卮 金觴 金罍 銀杯 金瓶 銀瓶

○金杯王準四十一

觀面鏡

【仄】得婦 異照膽 心春照皇 有六鏡照見 歎耳 隨嫁

【上仄】照心 覽頭 搗心 斷腸 護身

【平】陶情 怡心 炎心 防身

○陶情得趣四十

心鑑 腰印 腰符

【上平】腰鎗 腰帶 腰佩 腰鼓 心印 心鏡

臂鎗 指鎗

手板 手杖 手鏡 手帕 背紋 肘印 手筆 耳墜

【仄】手鋤 背鋤 頂笠 面鏡 手扇 步靡 步障

手書 手爐

背囊 口脂 掌珠 指環 耳環 面花 手基

【上仄】臂弓 臂韝 鬢簪 鬢釵 膝琴 口琴 背琴

肩輿 心燈 心香 膚林

【平】腰刀 腰弓 腰鐮 鬢梳 肩囊 懷金 頭釵 頭簪

○腰刀手劍三十九

旅口 旅背 釵股

旗尾 舟尾 琴足 琴背 琴面 琴尾 壺口 壺耳

【上平】颶面 杯面 弓面 琴額 簾額 船頭 船尾 篷背

鐘面 箭眼 斗面 斛面

旅背 鼎足 筆頭 筆腳 旅尾 鉤口

【仄】旅眼 鏡面 扇面 枕面 鼎耳 旅面

銀觥　瓊杯　珠簾　瑶樽　瑶觥　瑶觴　瓊卮　金盤
銀盤　銅盤　銅壺　銀壺　金爐　金甌　金鈴　銀鞍
金鞍　金鞭　絲鞭　金鈎　銀鈎　金燈　銀燈　銀缸
金鐘　金環　金刀　瑶琴　金毬　銀毬　金錢　銀屏
銅缸

上仄　玉樽　玉壺　玉卮　玉杯　玉瓶　玉觴　玉觥　玉甌
玉琴　寶琴　玉鈎　玉環　玉盤　玉簫　玉鞭　玉毬
綉毬　寶奩　象床　紙屏　玉屏　錦鞍　綉簾　綵舟
錦帆　寶釵　寶刀

仄　玉斝　玉盞　玉鑾　玉勒　玉漏　玉斧　玉杵　玉律
玉管　玉鼎　玉枕　玉笛　鐵笛　寶鑑　寶鏡　寶匣
寶鼎　寶篳　寶篆　寶扇　鐵硯　石硯　玉燭　鐵甲

鐵鎖　玉磬　玉爵　綵纜　錦纜　玉輦　寶輦　玉輅
玉几　玉案　翠駕　翠蓋　蠟燭　寶炬　蠟炬　錦瑟
寶瑟　寶劍

上平　金鏡　金鑑　金鎖　金勒　銀勒　銀鑾　綵鑾　金鼎
金印　瑶軫　金炬　銀燭　金盞　金斝　銀斝　瓊斝
金鐙　金尺　金翦　銀甲　金篆　銅漏　紈扇　瑶扇
珍簟珍簟清夏室　瑶枕　金彈　金斗　金甲　並實

○金魚寶鴨四十二

平　金魚　金貂　銀魚帶　金鳧　金斛　金龜　金雞

上仄　寶硯　寶龜印

仄　寶鴨香爐也

上平　金鳳　金鴨香爐　銅虎漢起兵立銅虎符　金雀　銅雀

金鳳 金鴨爐香 銅虎漢將兵去劍 金雀 銅雀

寶鴨香爐也 寶龜甲

金魚 金貂 銀魚帶 金烏 金斗 金龜 金雞

○金虎寶鴨四十二

珍簟寶簟清夏 瑤觥 金罇 金斗 金甲

金罍 金尺 金觴 銀甲 金漿 銅漏 紈扇 瑤扇

金印 瑤軫 金瓶 銀甌 金盞 金箏 銀箏 玉箏

金鏡 金爐 金鎖 金勒 銀勒 絲轡 金鼎

寶瑟 寶劍

玉几 玉案 翠幕 翠蓋 燭淚 寶炬 燭臺 錦瑟

鐵鎖 玉磬 玉爵 絲纜 錦纜 玉輦 寶輦 玉輅

寶鼎 寶簟 寶篆 寶扇 鐵硯 石硯 玉燭 鐵甲

玉管 玉鼎 玉枕 玉笛 鐵笛 寶鑑 寶鏡 寶匣

玉筆 玉盞 玉罇 玉劍 玉漏 玉斧 玉杵 玉律

錦帆 寶釵 寶刀

繡毬 寶奩 象床 紙屏 玉屏 錦鞍 繡簾 絲韁

玉琴 寶琴 玉鉤 玉翠 玉盤 玉簾 玉鞭 玉毬

玉箏 玉壺 玉卮 玉杯 玉瓶 玉鶴 玉瓶 玉闕

銅釭

金鐘 金環 金刀 瑤琴 金毬 銀毬 金鈴 銀屏

金鞍 金鞭 絲鞭 金鉤 銀鉤 金燈 銀燈 銀缸

銀鐙 銅盤 銅壺 銀壺 金爐 金圖 金鈴 銀鞍

銀瓶 寶杯 珠簾 繡幃 瑤觴 玉觴 瓊卮 金盤

聲色 。朱簾翠幕四十三 上平虛 下實

平 朱簾 紅簾 黃簾 青簾 青帘 酒旗也 青燈 紅燈
華燈 清釭 清鷁 青茵 紅茵 青氈 朱絃 清絃
朱輪 雕輪 雕鞍 紅舟 華船 青旗 青鈿 黃旗
紅旗 青旂 朱旂 朱旛 雕弓 彤弓 盧弓 黑弓也
朱干 紅爐 華戕 青簪 清樽 文楸

上仄 綵舟 綵船 畫船 綵旗 畫簾 翠茵 畫輪 綵輪
綠茵 綠樽 素琴 素絃 綠簑 綠簪 白旄 白氈
翠翹 綵鞭 紫簫 碧簫 紫毫 畫屏 綉屏

仄 翠幕 綠幕 翠箔 皂蓋 翠蓋 翠幔 畫舫 畫艦
畫艇 畫戟 畫楫 畫槳 畫鼓 畫角 畫扇 綉扇
白扇 白羽 白旆 畫燭 絳燭 絳蠟 翠枕 翠簟

翠管 綠管 白紙 白刃 赤幟 紫硯 彩筆 綉轂
素箔 綉斧

上平 朱瑟 朱輅 黃鉞 彤矢 盧矢 朱轂 華轂 彤管
朱箔 紅筆 紅燭 紅炬 青幕 青蓋 青笠 青杖
朱艇 朱舫

。鐘聲笛韻四十四 上實 下平虛

平 鐘聲 鐘音 韶音 絃聲 琴聲 琴音 棊聲 笳聲
砧聲 刁聲 爐香 簫聲 簫音 笙音 鈴音 車聲
車音 簾光 簾陰 燈光 燈輝 檠光 爐薰

上仄 笛聲 笛腔 角聲 鼓聲 瑟聲 漏聲 樂聲 磬聲
杵聲 樂音 角音 簟紋 劍光 劍芒 鏡光 燭光
燭輝 佩聲 屐聲 櫓聲 楫聲 枕痕

○朱簾翠幕四十三

朱簾　紅簾　黃簾　青簾　青帘 酒旗也　青燈　紅燈

華燈　清紅　清燈　青茵　紅茵　青鐙　朱紅　清紅

朱輪　雕輪　雕鞍　紅舟　華舟　青旗　青鈿　黃旗

紅旗　青旆　朱旆　朱舟　雕弓　形弓　盧弓 黑弓也

朱干　紅爐　華旌　青簪　清樽　文林

綠舟　綠船　畫船　綠旗　畫簾　翠茵　畫輪　綠輪

綠茵　綠樽　素琴　素絃　綠纜　綠簪　白旆　白輪

翠麴　綠鞭　深簾　碧簾　深帳　畫屏　綠屏

翠幕　綠幕　翠幄　皂蓋　翠蓋　翠幔　畫舫　畫艦

畫旗　畫鼓　畫旗　畫鞭　畫鼓　畫角　綠扇

白鷗　白鷺　白旆　畫鷁　綠鷁　綠鷺　翠葆

翠管　綠管　白笛　白笛　赤簫　紫鳳　紫笙

素笛　綠笛

朱瑟　朱輅　黃鉞　彤矢　盧矢　朱轂　華轂　彤管

朱箔　紅箋　紅燭　紅面　青簫　青蓋　青案　青杖

朱艇　朱舫

○鐘聲笙韻四十四

鐘聲　鐘音　韶音　笳聲　琴聲　琴音　秦聲　笳聲

砧聲　刁聲　爐香　簫聲　簫音　淫音　金音　車聲

車音　簫光　簾陰　燈光　燈暉　蕊光　爐薰　蹄聲

笛聲　鶯聲　角聲　鼓聲　琵聲　漏聲　樂聲　落聲

杵聲　樂音　角音　鞞鼓　劍光　劍芒　鏡光　曙光

獨弄聲　鳳聲　霜聲　柝聲　杵光

仄 笛韻 笛譜 角韻 角調 杵韻 樂韻 鼓韻 鼓響
漏響 磬韻 劍氣 瑟韻 燭影 燭焰 燭暈 扇影
硯影（硯中旗影動龍蛇） 鏡影 筆陣 筆勢
上平 簾影 帆影 檣影 旗影 燈影 燈暈 燈焰 帘影
鞭影 竿影 棊趣 弓影 旙影 杯影 琴韻 琴響
琴操 琴趣 簧韻 笳韻 簫韻 笙韻 鐘韻 砧韻
砧響 香爐 香氣

○新聲雅韻四十五 上虛 死 下半虛

平 新聲 清聲 殘聲 悲聲 哀聲 悲音 遺音 餘音
清音 洪音 疏音 清徽 新腔 殘輝 殘光（燈） 寒光
寒芒 精光（劍並） 微光（燈） 清光（鏡） 虛心（琵琶）
上仄 妙音 恵音（琴） 雅音 美腔 利芒（劍）

仄 雅韻 逸韻 美韻 急韻 雅奏 雅操 妙曲 舊曲
雅引 逸響 脆響 怨思（李鳳引胡笳怨思長） 冷談 利鍔 急調
絕調 古調 古操 緩曲
上平 奇曲 清曲 新曲 悲曲 哀曲 高調 新調 清韻
繁韻 悲韻 餘韻 殘爐 餘爐（燈） 清響 新響 清引
哀引

○聲哀曲緩四十六 上半虛 下虛 死

平 聲哀 聲悲 聲清 聲高 聲譁 音清 音稀 音悲
光微 光殘 光清 光寒 光搖 腔新 腔高 芒寒
上仄 曲清 曲新 曲悲 曲哀 氣衝 氣橫（劍） 韻悲 韻清
韻高 爐殘 調高
仄 曲緩 曲妙 韻切 韻急 韻雅 韻美 韻憭 韻遠

【入】曲終　曲妙　韻切　韻急　韻雅　韻美　韻繁　韻疎
韻高　遺散　調高
【去】曲清　曲新　曲進　曲哀　衡鍾　繁擾　韻悲　韻清
光散　光散　光清　光寒　光搖　聲疑　聲新　聲高　寒光
聲哀　聲悲　聲清　聲高　聲譁　音清　音林　音悲
○聲哀曲終四十六
哀引
繁韻　悲韻　餘韻　殘遺　餘遺　清響　新響　清引
【平】音曲　清曲　新曲　悲曲　哀曲　高調　新調　清韻
繁調　古調　古操　殘曲
雅引　殘響　遐響　悲思　落梅飛雪　冷散　利鋒　急調
【入】雅韻　殘韻　美韻　急韻　雅奏　雅操　妙曲　舊曲
【上】妙音　遺音琴　雅音　美聲　利光劍
寒芒　精光劍　微光　清光鏡　靈心
清音　殊音　遺音　清聲　新聲　殘輝　殘光　寒光
【平】新聲　清聲　殘聲　悲聲　哀聲　悲音　遺音　餘音
○新聲雅韻四十五
佳響　香盡　香氣
琴聲　琴趣　養韻　幽韻　新韻　鍾韻　佳韻
幽影　竿影　林影　石影　幡影　杯影　琴響
【上】簾影　帆影　檣影　旗影　燈影　燈暈　燈焰　帝影
花影　蕙影　龍文　劍影　華陣　華勢
漏響　鐘響　簫韻　殘韻　寒影　漏影　畫影
【入】落韻　笛譜　角韻　角調　琴韻　樂韻　鼓韻　鼓響

一竿 數枝角 萬枝燈 一篙 半篙 半船 片帆 五絃
七絃 一車 五車 幾杯 數杯 九旗
【仄】一綱 一軸 一幅 一皷 一箭 一矢 一棹 一網
一釣 一笠 乘矢 一笛 一鏡 一鑑 一勺 一簣
一枕 一榻 一席 一椀 七椀 五皷 二皷 五鼎
九鼎 一斗 五斗 一石
【上平】千斛 千杵 千尺 千乘 孤鏡 雙槳 雙棹 孤艇
孤枕 雙枕 三鼎 三盞 三尺 三箭 三皷 三椀
雙轂 雙笛 孤笛
○三通一曲五十 【並虛】死
【平】三通坡重城畫角三通 三敲 千敲
【上仄】一吹 再吹 一彈 九成簫韶九成 一張 一聲 數聲

幾聲 五聲 一揮 一挑 一搖 五音 八音
【仄】一曲 數曲 幾曲 一奏 一皷 一發 一舉 一啜
半破 百和 一縷香 一棹 一葉舟並 一握扇
【上平】三弄 三調笛 三疊琴心三疊 三噴詞倚樓三噴橫竹
【通用】○彈成寫出五十一 【並虛】活
【平】彈成 調成 吹成 敲成 粧成 描成 舒開 推開
挑殘 燒殘 撐來 携來 吹開 裁成 磨穿 移來
撐開 搖開
【上仄】展開 撥殘 斷成 鑿開 搗殘 送來 遍來 剪開
剪成 鑄成
【仄】寫出 寫就 撥盡 撥出 唱徹 唱罷 擣盡 揭起
捲起 捲上 點上 撥動 擁出 鑄就 琢就

椿起 椿上 點上 撥動 擁出 鑄流 琢流 搗起
高出 高流 撥盡 撥出 昌撤 昌羅 搏盡
前放 鑄放
發開 撥發 斷放 纂開 搗發 送來 過來 過開
撣開 搖開
挑發 撓發 撣來 撓來 吹開 救放 摩空 搭來
撣放 調放 吹放 敲放 推放 搚放 舒開 推開
○彈放高出 五十一 浯
三弄 三調 三疊 琴心三疊 三寶 高山三寶 樵歌
半放 百和 一纏 一草 一葉 一攖 局
一曲 數曲 幾曲 一奏 一鼓 一發 一舉 一發
幾聲 五聲 一彈 一挑 一搖 五音 八音

一吹 再吹 一彈 九放 九成 簫韶九成 一張 一聲 數聲
三通 三放通重放 三敲 千敲
○三通 一曲 五十 究
雙蠻 雙節 杯節
杯雙 雙杯 三鼎 三盞 三尺 三齊 三鼓 三旋
千斛 千杯 千尺 千乘 杯竟 雙槳 雙棹 杯興
九鼎 一斗 五斗 一石 七旋 五鼓 三鼓 五鼎
一桃 一觴 一巵 一樽 一鐘 一盞 一杓 一貫
一鉤 一盞 一柔 一留 一觴 一鑑 一樽 一綸
一觴 一軸 一幅 一鼓 一旗 一天 一棹 一圓
七旋 一車 五車 幾杯 數杯 九旗
一竿 一數 數杖 一簫 半簫 半船 千 五絃

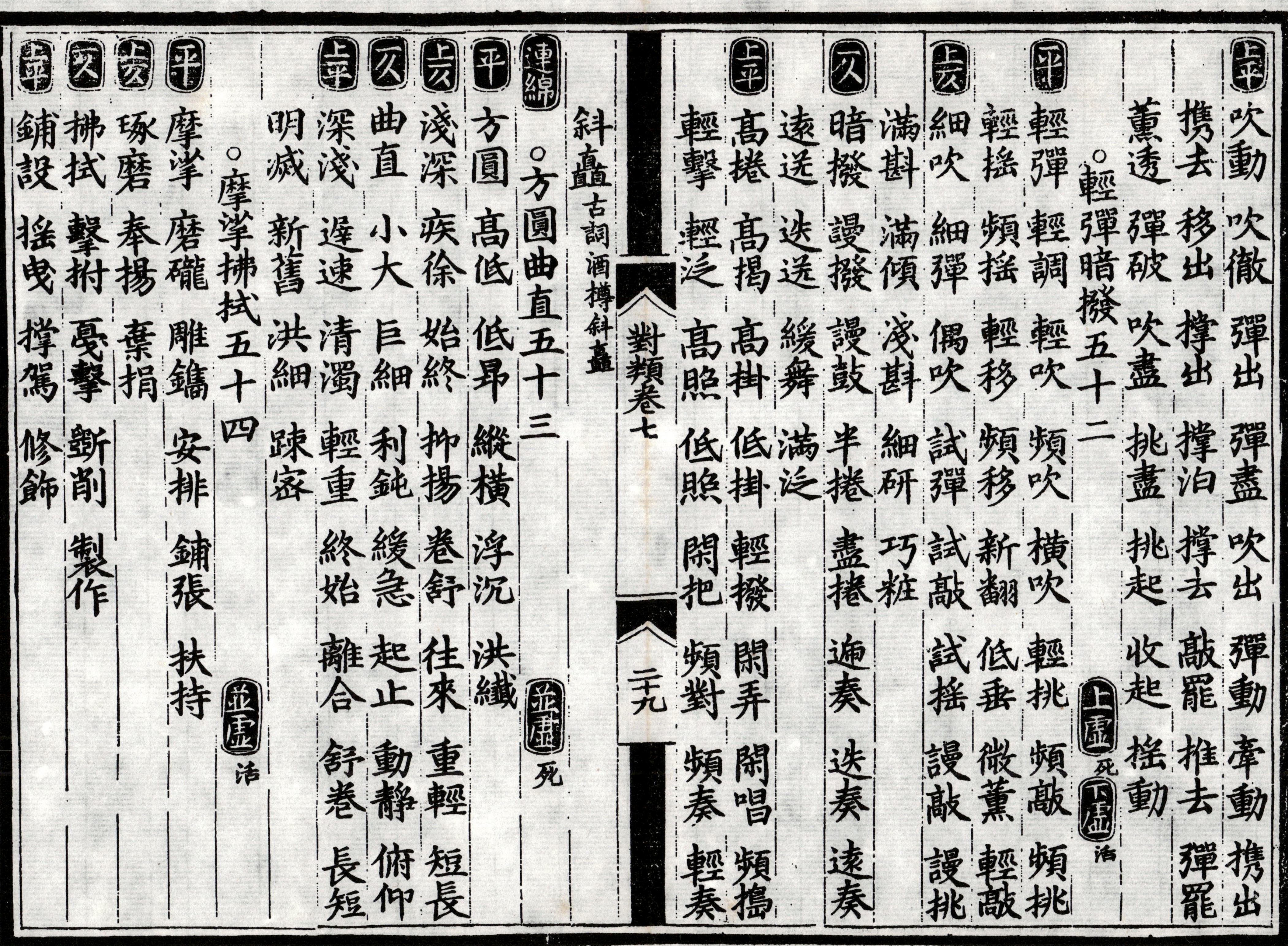

上平 吹動 吹徹 彈出 彈盡 吹出 彈動 牽動 攜出
攜去 移出 撐出 撐泊 撐去 敲罷 推去 彈罷
薰透 彈破 吹盡 挑盡 挑起 收起 搖動

○輕彈暗撥五十二 上虛死 下虛活

平 輕彈 輕調 輕吹 頻吹 橫吹 輕挑 頻敲 頻挑
輕搖 頻搖 輕移 頻移 新翻 低垂 微薰 輕敲
上去 細吹 細彈 偶吹 試彈 試敲 試搖 謾敲 謾挑
滿斟 滿傾 淺斟 細研 巧粧
仄 暗撥 謾撥 謾鼓 半捲 盡捲 遍奏 迭奏 遠奏
遠送 迭送 緩舞 滿泛
上平 高捲 高揭 高掛 低掛 輕撥 閑弄 閑唱 頻擣
輕擊 輕泛 高照 低照 閑把 頻對 頻奏 輕奏

斜矗 古詞酒樽斜矗

連綿

○方圓曲直五十三 並虛死

平 方圓 高低 低昂 縱橫 浮沉 洪纖
上去 淺深 疾徐 始終 抑揚 卷舒 往來 重輕 短長
仄 曲直 小大 巨細 利鈍 緩急 起止 動靜 俯仰
上平 深淺 遲速 清濁 輕重 終始 離合 舒卷 長短
明滅 新舊 洪細 踈密

○摩挲拂拭五十四 並虛活

平 摩挲 磨礲 雕鐫 安排 鋪張 扶持
上去 琢磨 奉揚 棄捐
仄 拂拭 擊拊 戛擊 斲削 製作
上平 鋪設 搖曳 撐駕 修飾

【上平】湧沒 淙汝 潭濺 修飾

【仄】清拔 擊村 夏擊 遊削 剝作

【去仄】琢磨 奉揚 葉指

【平】摩挲 磨礲 雕鐫 挨排 鋪張 扶持 【上平】諧

○摩挲捧拔五十四

【上平】明滅 新舊 決細 啄流 緣始 雜合 舒卷 長短

【仄】深淺 遠大 清濁 輕重 縱飭 起止 動靜 俯仰

【上仄】曲直 小大 巨細 利鈍 參舒 往來 重輕 短長

【平】後深 高低 終始 抑揚 浮沉 決纖

【上平】古圓 高低 絡易 縱橫 浮沉 決纖 【上平】完

○方圓曲直五十三

纖盡古陶瀹搭斧盡

【上平】輕擊 輕泛 低眼 閒抱 須斟 頻奏 輕奏

高擲 高揭 高掛 低掛 輕撥 閒手 閒唱 頻擂

【仄】迭送 迭送 纔舞 滿泛 盡撩 迎奏 迭奏 迭奏

惜撥 慢撥 慢鼓 半撩 巧拂 誤撥 慢敲 慢挑

【上仄】滿斟 滿彈 後斟 細研 試敲 試撩 誤敲 輕敲

細吹 細彈 偶吹 試彈 新翻 低垂 微敲 頻挑

【平】輕揉 頻揉 輕移 頻移 橫吹 輕挑 頻敲

輕彈 輕調 輕吹 頻吹

○輕彈細撥五十二 【上平】完 【上平】諧

薰透 彈破 吹盡 挑盡 挑起 收起 搖動

攜去 移出 撩出 撩泊 撩去 擲罷 搖去 彈罷

【上平】吹動 吹徹 彈出 彈盡 吹出 彈動 牽動 攜出

○丁當響亮五十五　〔並虛〕死

〔平〕丁當鈴丁東砧駢闐車悲悽角團圓扇熒煌燭鏗鏘珮輕浮

飄搖舩並玲瓏簾咿啞櫓氤氳香謳啞歌光芒劍光明鏡喧闐

鏗鍧鼓並淒清簫

〔上去〕卷舒帆並煒煌燭

〔仄〕響亮笛慘切角哽咽笳蕩漾舟慷慨　散漫　欵乃櫓聲閃爍

燦爛　斷續砧

〔平〕清越琴咿啞軋車嘹亮笛嗚咽角幽咽笳嘹唳笳發杜嘹唳吟　哀怨

悲怨笳並圓潔扇淒切角清絕　清暢簫笛也　悲壯角鼓

〔疊字〕○嫠嫠坎坎五十六　〔並虛〕死

〔平〕嫠嫠　淵淵　闐闐　逄逄鼓並瑲瑲佩彭彭　轔轔車並央央

搖搖旆並熒熒燭悲悲角垂垂簾盈盈杯團團扇揚揚旗旌悠悠

招招舟並喈喈　洋洋琴將將磬

坎坎　咽咽　簡簡鼓並檻檻車嫋嫋簫烱烱燈熙熙火泛泛

〔仄〕漾漾舟並孑孑旌燦燦　爛爛燭隱隱車切切角焰焰燈燁燁

〔三字〕○竹葉舟梅花角五十七

〔平〕竹葉舟　蓮葉舟　荷葉杯　蕉葉杯　竹皮冠高祖以竹皮爲冠

蘆葉笳

〔仄〕梅花角　蓮花炬　菱花鏡　桃花紙　楮皮紙　松枝筆

薤葉篳　松煤墨

○紫茸氊青玉案五十八

〔平〕紫茸氊　白銀杯　黃金盤　白牙床　青銅錢　碧玉壺

白玉杯　白玉盤　白銀瓶　白銀盤　絳紗籠　碧紗廚

紫玉簫　白玉環

紫玉甌　白玉盤　白銀瓶　白銀盤　綠紗廚
白玉杯　白銀杯　黃金盤　白玉床　青錦緞　碧玉壺
。紫芽甌青玉案五十八
蓮葉蠶　松棋墨
梅花角　蓮花幛　菱花鏡　桃花扇　梅花被　松枝筆
蘆葉船　蓮葉舟　荷葉杯　蕉葉杯　荷葉衣
。竹葉舟　竹葉舟　梅花角五十七

深林　紫游　鴛鴦
。紫游五十六
清泉　清泉
淡月　香風
春風　碧水
。丁香五十五

仄 青玉案 黄金盞 黄金印 黄金甲 黄金斗 緑玉杖

青藜杖 黄金篆 青銅鏡 白角簟 紅蠟燭

○木蘭舟椰榆簟五十九

平 木蘭舟 木蘭橈

仄 椰榆簟 蒲葵扇 芙蓉帳 荼蘼架

○鸚鵡杯鸕鷀杓六十

平 鸚鵡杯 孔雀屏 翡翠衾 翡翠簾

仄 鸕鷀杓 鴛鴦瓦 鴛鴦枕 鴛鴦盞

○緑簑衣青篛笠六十一

平 緑簑衣 緑荷衣 緑荷杯

仄 青篛笠 青竹簟 紫檀板 青蒲劒

○金叵羅銀鑿落六十二

平 金叵羅 金瑠璨 金盤陀 金兜鍪 玉東西（勸杯） 金僕姑

仄 銀鑿落 金匼匝（杜馬頭金匼匝絡頭也） 金跳脫 金落索 金騕褭

○水精簾雲母扇六十三

平 水精簾 水晶盤 水晶環 水精毬 瑠璃鍾 瑠璃盤

瑠璃屏 瑠璃瓶 雲母屏 珊瑚鉤 翡翠簾 玳瑁簪

琥珀杯

仄 雲母扇 琥珀椀 琥珀枕 琉璃盞 琉璃筯 珊瑚枕

琅玕簟 玻瓈椀 碼碯枕 璠璵器 瑚璉器 瓊瑤佩

琅玕佩 雲母帳

○象牙床龍鬚席六十四

平 象牙床 象牙梳 鰕鬚簾 翠羽簾 龍膏燈 鳳膏燈

虎皮裀 鵝眼錢

【仄】青玉案　黄金盞　黄金印　黄金甲　黄金斗　綠玉杖

青藜杖　黄金象　青銅鏡　白角簟　紅蠟燭

○木蘭舟柳榆車　五十九

【平】木蘭舟　木蘭橈

【仄】柳榆車　蒲葵扇　芙蓉履　荼蘼架

○鸚鵡杯鸕鷀杓　六十

【平】鸚鵡杯　孔雀屏　翡翠衾　翡翠簾

【仄】鸕鷀杓　鴛鴦瓦　鸂鶒枕　鸚鵡盞

○綠蓑衣青箬笠　六十一

【平】綠蓑衣　綠荷衣　綠荷杯

【仄】青箬笠　青竹簟　紫檀枕　青蒲扇

○金叵羅銀鑿落　六十二

【平】金叵羅　金瑠璃　金[illegible]盂　金[illegible]盞　玉東西（杯名）　金[illegible]箔

【仄】銀鑿落　金匼匝（[illegible]）　金[illegible]屐　金落索　金[illegible]囊

○水精簾雲母扇　六十三

【平】水精簾　水晶盤　水晶[illegible]　水精鐙　瑠璃鍾　瑠璃盤

瑠璃屏　瑠璃瓶　雲母屏　[illegible]　翡翠簾　[illegible]簪

琥珀杯

【仄】雲母扇　琥珀枕　琥珀杓　琉璃盞　琉璃[illegible]　珊瑚杓

琅玕簟　玳瑁枕　瑪瑙杯　璠璵器　瑚璉器　寶[illegible]佩

琅玕佩　雲母帳

○象牙床龍鬚席　六十四

【平】象牙床　象牙梳　[illegible]簾　[illegible]簾　[illegible]燈　鳳[illegible]燈

虎皮褥　[illegible]毯

仄 龍鬚席 雉羽扇 麈尾拂 鹿皮幣 象牙板 象牙笏
羊皮鼓 兎毫筆 鼠鬚筆 猿臂笛 鳳紋簟 獸頭炭

。賣酒帘藏書篋六十五

平 賣酒帘 泛酒杯 擣衣砧 讀書燈 讀書床 掛簾鈎
撫琴床 爇香盤

仄 藏書篋 讀書案 藏扇篋 藏劍匣 插書架 煎茶鼎
瀹茶椀 調羹鼎 爇香篆 登山屐

。伯牙琴魯點瑟六十六

平 伯牙琴 淵明琴 孔子琴 虞帝琴 蔡琰琴 嵇康琴
傅說舟 范蠡舟 祖生鞭 韓愈藥 陶侃梭 弄玉簫
楚王弓 齊王竽 林宗巾 顔回簞 兒寬鋤

仄 魯點瑟 維翰硯 靈運屐 蔡倫紙 賈生席 秦皇鏡
蒙恬筆 江淹筆 班超筆 謝安扇 齊王瑟 班姬扇
戴馮席 邊韶笥 張華劍 季札劍 雷煥劍 高祖劍
長房杖

。石丈人松處士六十七

平 石丈人 松滋侯(墨) 竹夫人 楮先生(紙) 孔方兄(錢)

仄 松處士 木上座(杖) 石處士(硯)

。即墨侯管城子六十八

平 即墨侯 好時侯(紙) 中書君(筆) 長明公(燈) 容成侯(鏡)

仄 管城子 毛錐子(筆) 阿堵物(錢) 小道士(酒榼) 快熄婦(煖酒瓶)

。五絃琴三尺劍六十九

平 五絃琴 七絃琴 二尺藥 十幅帆 一葉舟 五丈旗
二石弓 千枝燈 萬枝燈 五色燈 八尺藥 五綵牋

仄 龍鬚薦 雉羽扇 麈尾拂 象皮帶 象牙笏
羊皮鼓 兎毫筆 鼠鬚筆 犀管笛 鳳紋簟 [illegible]
○賣酒帘 藏書篋 六十五
平 賣酒帘 沽酒杯 搗衣砧 讀書燈 讀書牀 掛簾鉤
撫琴牀 焚香盤
仄 藏書篋 讀書案 藏扇篋 藏劍匣 插書架 煎茶鼎
論茶經 問羹鼎 焚香案 登山屐
○伯牙琴 曾點瑟 六十六
平 伯牙琴 淵明琴 孔子琴 漢帝琴 蔡琰琴 綠綺琴
傅說舟 范蠡舟 祖生鞭 韓愈藥 陶侃梭 弄玉簫
楚王弓 齊王竽 林宗巾 顏回簞 兒寬鋤
仄 曾點瑟 維翰硯 靈運屐 蔡倫紙 賈生席 秦皇鏡

蒙恬筆 江淹筆 班超筆 謝安扇 齊王瑟 班姬扇
戴憑席 邊韶笥 張華劍 季札劍 雷煥劍 高祖劍
長房杖
○石丈人 松處士 六十七
平 石丈人 松滋侯墨 竹夫人 楮先生紙 孔方兄錢
仄 松處士 木上座杖 石處士硯
○即墨侯 管城子 六十八
平 即墨侯 好時侯瓠 中書君筆 長明公燈 容成侯鏡
仄 管城子 毛錐子筆 阿堵物錢 小道士[illegible] 休息將[illegible]
○五絃琴 三尺劍 六十九
平 五絃琴 七絃琴 三尺[illegible] 十幅帆 一葉舟 五丈旗
二石弓 千枝燈 萬枝燈 五色燈 八尺[illegible] 五絲燈

六材弓　一枰棊　九旒旗

仄　三尺劒　三寸筆　七寸管　七星劒　五色筆　八尺箠

六角扇　三層盖　五音樂　三弄笛　三通鼓　千鈞弩

千金箒　千秋鑑　雙蓮炬

四字

○弓矢戈矛盤盂几杖七十

平　弓矢戈矛　律度量衡　干戈戚揚　斗斛權衡　規矩準繩

琴瑟笙簧　鐘鼓羽旄　鐘鼓管絃　文物衣冠　弓矢干戈

仄　盤盂几杖　金石絲竹　衣冠禮樂　衣冠文物　干戈耒耜

干戈甲胄　車徒器械　粢盛玉帛　簠簋籩豆　乘輿服御

几席觴豆

○脆管繁絃長槍大劒七十一

平　脆管繁絃　急管危絃　堅甲利兵　肥馬輕裘　去馬來舟

清簟疎簾　疏轂飛鈴　駟馬高車　小檝輕舟　側柂歌帆

仄　長槍大劒　文茵暢轂　重簾複幕　高車駟馬　利刀快劒

孤燈急管　輕舟小檝　征帆去棹　舞衫歌扇　輕車熟路

遺簪墜珥　短靴輕帽

○黄鉞白旄朱簾緑幕七十二

平　黄鉞白旄　畫鼓紅旗　盧矢彤弓　紫盖黄旗　鏤簋朱紘

仄　朱簾緑幕　朱旛皂盖　紅爐煖閣　青簾白舫　朱輪華轂

○高祖踞鞍秦王擊缶七十三

平　高祖踞鞍　孔子升車　光武投戈　舜帝舞干　傅說作舟

祖生著鞭　孟明焚舟　劉琨枕戈　伯牙鼓琴　高祖溺冠

齊王好竽　晏子執鞭　荀子駮輿

仄　秦王擊缶　武王仗鉞　文帝前席　光武側席　侯霸卧轍

【仄】秦王輦金　武王仗鉞　文帝前席　光武側席　侯霸臥轍
齊王好竽　晏子執鞭　苗子鼓輿
祖生著鞭　孟明焚舟　劉琨枕戈　伯牙鼓琴　高祖溺冠
【平】高祖遊鞍　孔子升車　光武投戈　舜帝舞干　傳說作舟
○高祖遊鞍　秦王輦金　十三
【仄】朱纛綠幕　朱旛皂蓋　紅纛闕門　青纛白旃　朱輪華轂
【平】黃鉞白旄　畫鼓紅旗　盧矢彤弓　紫蓋黃旗　鐘虡朱紘
○黃鉞白旄　朱纛綠幕　十二
遺簪墜珥　綻衣敝帽
殘燈忘管　輕舟小艇　征帆去棹　舞袖歌扇　輕車熟路
【仄】長檠大鋪　文茵暢轂　重簾複幕　高車駟馬　利刃快劍
清簟疏簾　短轂飛鈴　駟馬高車　小艇輕舟　側柁欹帆

【平】虎符龍節　鳥篆龜文　堅甲利兵　肥馬輕裘　去馬來舟
○虎符龍節　長檠大鋪　十一
八音籩豆
干戈甲胄　車旗器械　粢盛玉帛　簠簋籩豆　乘輿服御
【仄】鑾玉几杖　金石絲竹　衣冠禮樂　衣冠文物　干戈朱紱
琴瑟笙簧　鐘鼓管絃　文物衣冠　弓矢干戈
【平】弓矢戈矛　律度量衡　干戈斂揚　斗斛權衡　規矩準繩
○弓矢戈矛　盤盂几杖　七十
【四字】千金幕　千秋鑑　蓮炬
六角扇　三層蓋　五音樂　三弄笛　三通鼓　十錦營
【仄】三尺劍　三寸筆　七寸管　七星劍　五色筆　八尺簟
六材弓　一枰棋　九斿旗

馮驩彈鋏　揚雄執戟　伊尹負鼎　范增撞斗　孫臏減竈
齊王制梃　曾子避席　瓠巴鼓瑟　毛遂脫穎　季札掛劍

○玉勒雕輪綸巾羽扇七十四

（平）玉勒雕輪　寶簟牙床　籃笥象床　珠箔銀屏　銀燭金爐
金瑟玉壺　金絡玉鞍　珠佩玉衣　銀箭金壺　寶馬香車

（仄）綸巾羽扇　金鞍玉勒　玉簫金管　鈿車羅帕　金繩鐵索
丹書鐵券　銀鉤鐵畫　翠翹金雀　金輿玉藻　瓊杯玉斝
銀鞍金勒

○竹杖芒鞋桑弧蓬矢七十五

（平）竹杖芒鞋　蒻笠簑衣　花管雲牋　桂楫蘭舟　石枕竹床

（仄）桑弧蓬矢　紗廚竹簟　松舟檜楫　紙屏石枕　桂棹蘭槳

○翠蓋鸞旗鳳笙龍管七十六

（平）翠蓋鸞旗　熊旗隼旟　犀筋鸞刀　豹髓鳳膏　鳳輦鸞旗
錦衣狐裘　金節羽衣

（仄）鳳笙龍管　鳳絲鴈柱　鳳旗鼉鼓　龍笛鼉鼓　象弭魚服

○鼓瑟吹笙張弓挾矢七十七

（平）鼓瑟吹笙　挈榼提壺　棄甲曳兵　椎鼓鳴鍾　勸酒持觴
看劍引杯　置酒張燈　設網提綱　吹笙鼓簧

（仄）張弓挾矢　攬衣推枕　抱關擊柝　移宮換羽　流商泛羽
緝商綴羽　解衣貰酒　垂簾掛幙　收帆捲幔　放書綴劍
飛書走檄　籠絃束管　傾壺倒榼

○賣劍買牛捲簾通燕七十八

（平）賣劍買牛　仗節牧羊　舉網得魚　投杖化龍　夢網得龜
絕筆獲麟

絳幃續聯

(平) 賣劍買牛 伏節牧羊 舉網得魚 按杖化龍 亭鶴得禽

○賣劍買牛綠蓑適興七十八

縛酒綴羽 解衣貰酒 垂簾掛漢 成市築臺 放書綴劍

春劍引杯 置酒張燈 設網張羅 沃薪鼓黃

(平) 鼓瑟吹笙 彈琴擊壺 棄甲曳兵 推鼓鳴鐘 勸酒持籌

(仄) 鳳輦龍宵 鳳綵雁柱 鳳旗鼉鼓 龍笛鼉鼓 象弭魚服

錦衣繡裳 金節羽衣

(平) 翠蓋龍旗 虎旗隼旟 犀節鸞刀 彤鏕鳳膏 鳳輦鸞旗

對類卷十 三十四

錢鏐金勒

丹書鐵券 銀鉤鐵畫 翠輦金蓮 金輿玉藻 瓊林玉堂

馮驩彈鋏 楊布敝衣 伊尹負鼎 范增撞斗 荀寬激濁

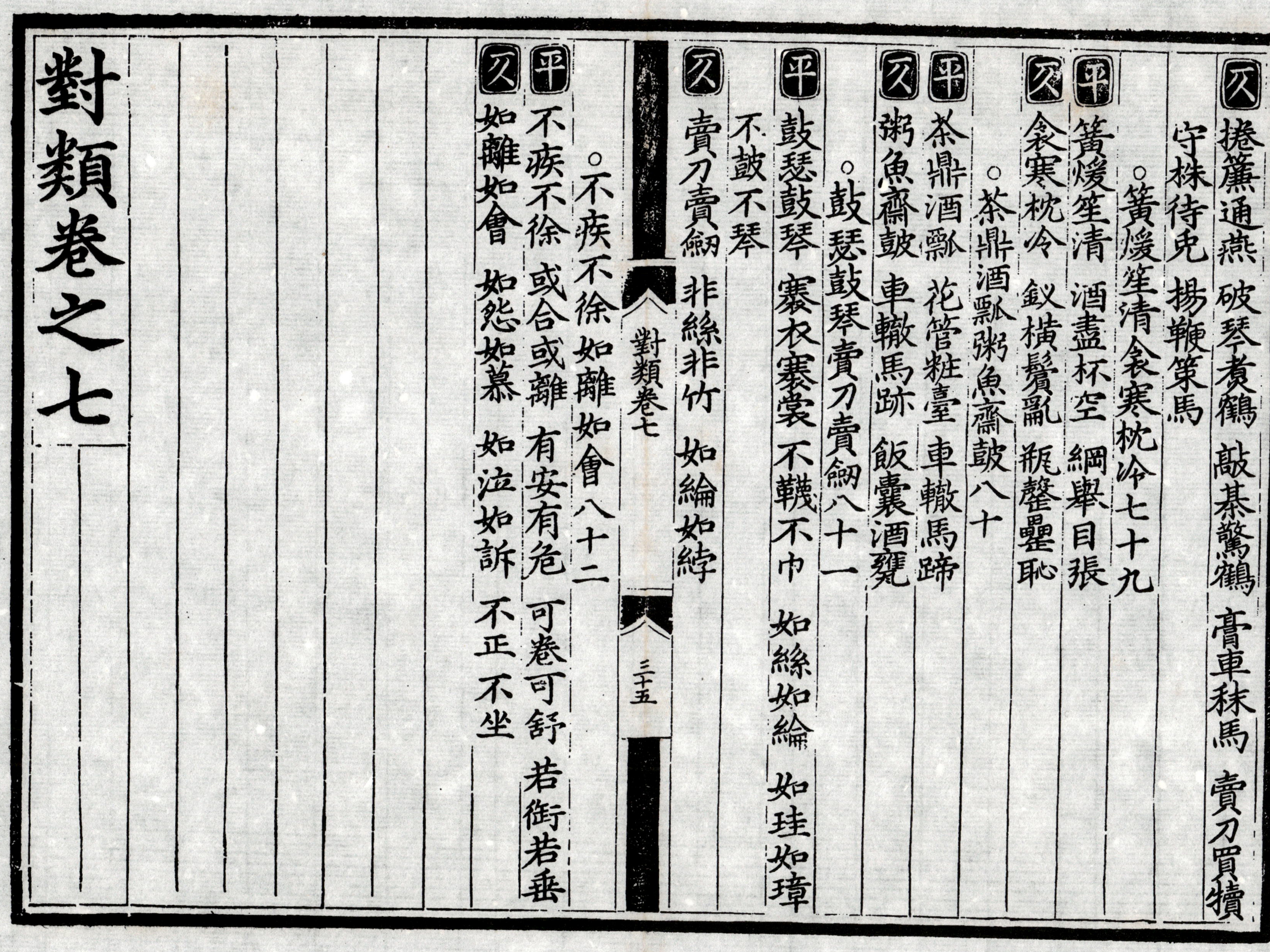

仄 捲簾通燕 破琴煮鶴 敲棊驚鸛 膏車秣馬 賣刀買犢
守株待兎 揚鞭策馬

○簧煖笙清衾寒枕冷七十九

平 簧煖笙清 酒盡杯空 綱舉目張

仄 衾寒枕冷 釵横鬢亂 瓶罄罍恥

○茶鼎酒瓢粥魚齋鼓八十

平 茶鼎酒瓢 花管粧臺 車轍馬蹄

仄 粥魚齋鼓 車轍馬跡 飯囊酒甕

○鼓瑟鼓琴賣刀賣劒八十一

平 鼓瑟鼓琴 褰衣褰裳 不韈不巾 如絲如綸 如珪如璋
不鼓不琴

仄 賣刀賣劒 非絲非竹 如綸如綍

○不疾不徐如離如會八十二

平 不疾不徐 或合或離 有安有危 可卷可舒 若銜若垂

仄 如離如會 如怨如慕 如泣如訴 不正不坐

對類卷之七

【又】操蕪通旗　攻琴黃鶴　敲棋聽鶴　書車林馬　賣以買讀

守株待兔　揚鞭躍馬

○黃邊筆清　含美抱令　七十九

【平】黃邊筆清　酒盡杯空　綱舉目張

【又】含美抱令　釵橫鬢亂　旗聲疊鼓

○茶鼎酒瓢　漁舟篷鼓　八十

【平】茶鼎酒瓢　花亭歌臺　車轍馬蹄

【又】漁舟篷鼓　車轍馬跡　飯囊酒甕

○鼓瑟鼓琴　賣以賣爾　八十一

【平】鼓瑟鼓琴　褰衣褰裳　不櫛不巾　若絲若綸　若珪若璋

不鼓不琴

【又】賣以賣爾　非絲非竹　若綸若絲

○不疾不徐　若離若會　八十二

【平】不疾不徐　或合或離　有安有危　可卷可舒　若諧若乖

【又】若離若會　若怨若慕　若泣若訴　不正不坐

對類卷之七

對類卷之八

人物門

一字 ○君后第一

平 實字

君天下之主曰人君 皇君也伏羲神農黃帝謂之三皇禹湯文武謂之三王 王注見上

嬪宮女 公太師太傅太保謂之三公 侯諸侯有公侯伯子男五等 卿六卿九卿 儲太子

官官員 軍三軍 兵軍兵 人中天地而生稟五常之性曰人 臣宰相下皆稱臣

農耕夫 工工匠 商行客曰商 巫師巫 醫治病 儒士人 樵採柴者

僧和尚 仙神仙人得道不死則爲仙 宗同姓 親至親 姑父之姊妹 姨母之姊妹

師人之模範所以傳道受業 兄長也 昆兄也 男男子 兒男子曰兒 孫子之子

民百姓 賓賓客 朋朋友 翁老人之稱 童未冠曰童 神靈也 奴奴僕

僮僮僕 妻齊也婦與夫齊 甥姊妹之子 漁採魚者 孩孩兒 夫丈夫

妃后妃

仄

后君后又后妃皇后 帝君也少昊顓頊高辛唐虞謂之五帝 主人主又賓主

辟君也辟公 相丞相 輔輔弼 將將官 帥將帥 伯侯伯 牧州牧

守太守 宰邑宰又宰相 令縣令 倅州判 尹縣令 旅軍旅客旅

卒士卒 宦仕宦 卜卜筮 孺年小之稱 賈坐客曰賈 匠工匠 覡女巫

士儒者之稱天子有元士下至諸侯有上士中士下士軍卒亦謂之士也 祖祖宗 族宗族

父 母生我者父天母譬地譬 伯父之兄 叔父之弟 姊女兄 妹女弟

弟男子後生 子己所生者男子通稱又 姪兄弟之子 婦妻也 女女子 婿女夫

舅母之兄弟 戚外親 友朋友 伴友也 侶伴侶 僕奴僕 妾小妻

客賓客又商旅之稱 婢女僕 妓娼女 老年老 叟老也 媼母老稱

嫗同上 長長上 幼童子 稚童稚 佛禪佛 釋佛教 道道教

對類卷之八

人物門

君后第一

君人君天子之主曰 皇 三皇 王 三王見上

嬪宮女 公 太保太師 侯 諸侯 卿 六卿 儲 太子

官 官員 軍 三軍 兵 兵 人 臣 宰相下皆稱臣

農 耕夫 工 工匠 商 行商 巫 巫師 醫 治病人 儒 士人 樵 樵夫

僧 和尚 仙 神仙 宗 同姓 親 王親 姑 父之姊妹 嫂 兄妻

師 兄 兄長也 昆 兄也 男 男子 兄 孫 子之子

民 百姓 賓 賓客 朋 朋友 翁 童 未冠 神 靈也 奴 奴僕

僮 僮僕 妻 婦與夫齊 妹 女子 漁 漁翁 夫 丈夫

妃 后妃 帝 主 人主

后 皇后 相 宰相 將 將帥 伯 侯伯 牧 州牧

守 太守 宰 令 縣令 尹 縣令

卒 士卒 宦 仕宦 吏 小吏 儒 賈 商賈 匠 工匠 巫 女巫

士 儒士 父 母 伯 叔 祖 宗 族 宗族

弟 子 女 姪 婦 妻 女 夫 婿

客 賓客 僕 奴僕 侶 伴 叟 老叟 妾 小妾

姬 童 僚 釋 佛 道 道教

祝神祝 牧看牛童謂之牧童

。明哲第二 〔平〕〔半實〕

明聰明 英英才 賢賢德 才文才 忠忠直 良良善 循仁德

廉清廉 雄英雄 豪雄豪 強豪強 狂顛狂 仁仁者之人 奇奇異

嘉嘉美 卑居下 微卑微 清不貪 愚癡愚 貪愛財 庸常也

凡凡俗 柔懦弱 騷風騷 覊牽絆 頑頑愚 癡癡蠢 剛剛健

貧窮也 邪邪佞 奸奸詐 能有才能 慈愛人 聰聰明 尊高人

〔仄〕哲明哲 俊才過人 彥俊彥 茂秀茂 秀俊秀 異非常 直正直

蓋忠蓋 壯大也 猛勇也 勇武勇 隱隱居 逸隱也 聖無所不通

智意智 佞邪佞 陋淺陋 善好人 吉善人 美好也 老年高

壽長年 幼年小 傑豪傑 秀才清 大巨也 富多財 貴顯官

賤下流 拙蠢也 巧多能 健剛健 爽清爽 敏勤也 弱軟弱

懦柔懦 怯怯弱 虐酷虐

。君臣父子第三 〔二字〕

〔平〕君臣 君師 君民 君王 王公 王侯 公卿 臣鄰 〔並實〕

臣僚 賓僚 官僚 賓朋 親朋 兒孫 公孫 翁孫

兒童 夫妻 樵漁 工商 師生 師儒 人民 生靈

兵師 兵戎 華夷 蠻夷 軍民 軍兵

〔上仄〕帝王 聖賢 祖宗 士民 士農 士夫 父師 父兄

友朋 弟昆 弟兄 舅甥 子孫 祖孫 母孫 舅姑

婦姑

〔仄〕父子 父母 子母 將相 守令 將帥 長幼 士友

士卒 主客 子弟 士女 伯叔 嫂叔 弟姪 子姪

弟妹 姊妹 父老 故舊 子女 妾婦 老稚 老幼

弟妹 姊妹 父老 故舊 子女 妾婦 老稚 老幼
士卒 主客 子弟 士女 伯叔 嫂叔 弟姪 子姪
又 父子 父母 子母 將相 守令 將帥 長幼 士女
婦姑
交朋 弟昆 弟兄 甥舅 子孫 祖孫 母孫 舅姑
大 帝王 聖賢 祖宗 士民 士農 士夫 父師 父兄
兵師 兵戎 華夷 蠻夷 軍民 軍兵
兒童 夫妻 漁樵 工商 師生 師儒 人民 生靈
臣僚 賓僚 官僚 賓朋 親朋 兒孫 公孫 翁孫
又 君臣 君師 君民 君王 王公 王侯 公卿 臣鄰
二 ○君臣父子第三
儒釋 儒佳 佳語 雷 西 虞

賤 下流 拙 蠢也 巧 多能 健 剛健 爽 清爽 敏 勤也 弱 軟弱
壽 長年 幼 幼年 小 傑 豪傑 秀 才清 大 巨也 富 多財 貴 顯官
智 意智 佞 邪佞 陋 淺陋 善 好人 吉 善人 美 好也 老 年高
蓋 蓋也 壯 大也 猛 勇也 勇 武勇 隱 隱居 逸 隱也 聖 無不通
又 哲 明哲 俊 人才過 彥 俊彥 秀 秀茂 異 非常 直 正直
貧 窮也 邪 不正 奸 奸詐 能 能才 愛 愛人 聰 聰明 尊 高人
凡 凡俗 柔 懦弱 纖 纖細 頑 頑愚 癡 癡騃 剛 剛健
嘉 嘉美 卑 卑下 微 卑微 清 不貪 愚 痴愚 貪 貪財 庸 常也
廉 清廉 雄 英雄 豪 豪強 強 豪強 狂 顛狂 仁 仁人 奇 奇異
平 明 聰明 英 英才 賢 賢德 才 文才 忠 忠直 良 良善 循 仁德
○明哲第二
說 神祇 牧 牧之者 牧牛童 諸

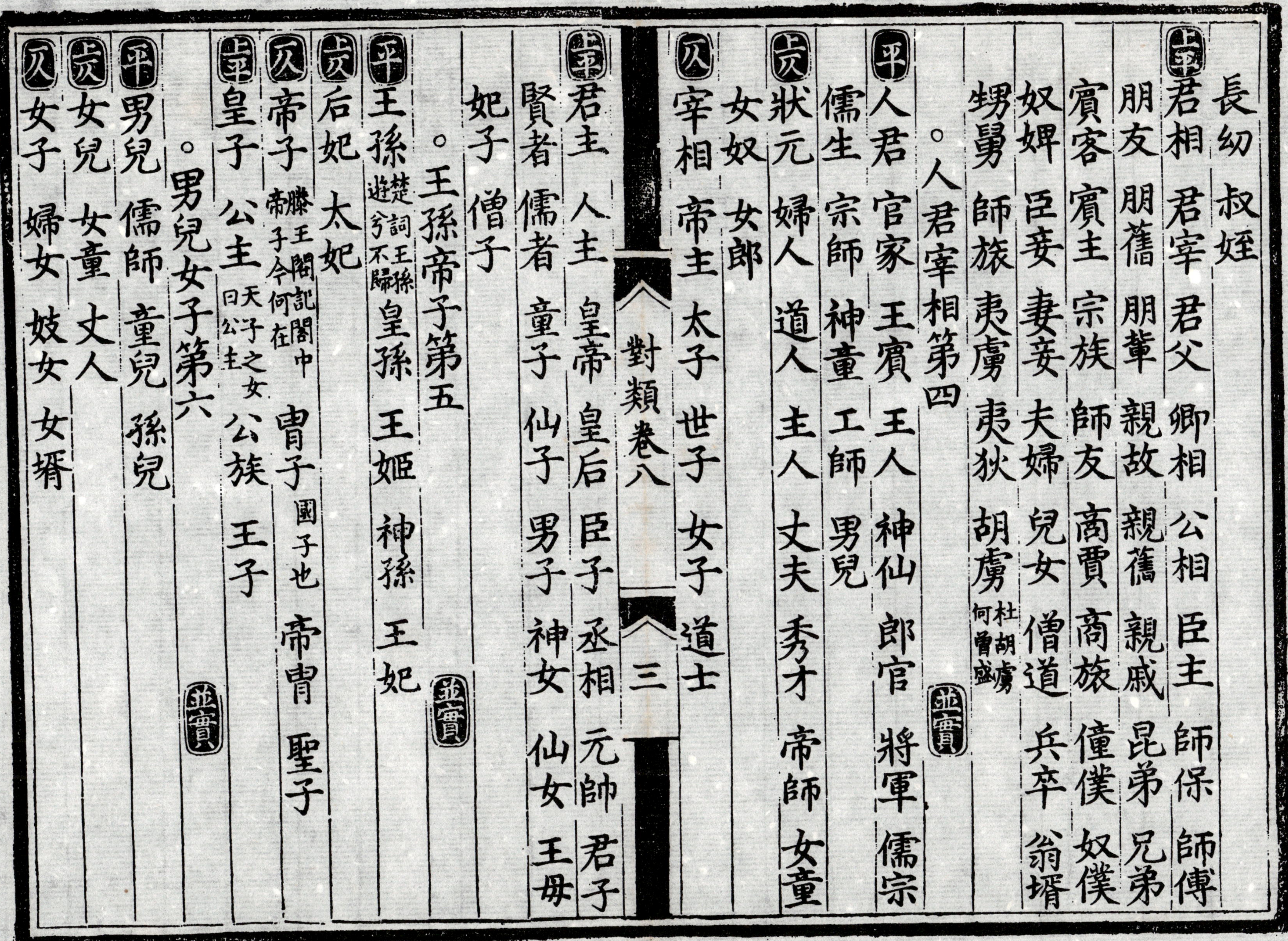

長幼　叔姪
〔上平〕君相　君宰　君父　卿相　公相　臣主　師保　師傅
朋友　朋舊　朋輩　親故　親舊　親戚　昆弟　兄弟
賓客　賓主　宗族　師友　商賈　商旅　僮僕　奴僕
奴婢　臣妾　妻妾　夫婦　兒女　僧道　兵卒　翁壻
甥舅　師旅　夷虜　夷狄　胡虜杜胡虜何曾盛

。人君宰相第四　〔並實〕

〔平〕人君　官家　王賓　王人　神仙　郎官　將軍　儒宗
儒生　宗師　神童　工師　男兒
〔上仄〕狀元　婦人　道人　主人　丈夫　秀才　帝師　女童
女奴　女郎
〔仄〕宰相　帝主　太子　世子　女子　道士

〔上平〕君主　人主　皇帝　皇后　臣子　丞相　元帥　君子
賢者　儒者　童子　仙子　男子　神女　仙女　王母
妃子　僧子

。王孫帝子第五　〔並實〕

〔平〕王孫楚詞王孫遊兮不歸　皇孫　王姬　神孫　王妃
〔上仄〕后妃　太妃
〔仄〕帝子滕王閣記閣中帝子今何在　冑子國子也　帝冑　聖子
〔上平〕皇子　公主天子之女曰公主　公族　王子

。男兒女子第六　〔並實〕

〔平〕男兒　儒師　童兒　孫兒
〔上仄〕女兒　女童　丈人
〔仄〕女子　婦女　妓女　女壻

長幼　叔姪

君相　君宰　君父　卿相　公相　臣主　師傅

朋友　朋舊　朋輩　親故　親舊　親戚　兄弟　兄弟

賓客　賓主　宗族　師友　商賈　商旅　僮僕　奴僕

奴婢　臣妾　妻妾　夫婦　兒女　僧道　兵卒　猾胥

牧豎　師旅　夷虜　夷狄　胡虜何杜曹與虜　

○人君宰相第四

人君　官家　王賓　王人　神仙　郎官　將軍　儒宗

儒生　宗師　神童　工師　男兒

狀元　婦人　道人　主人　丈夫　秀才　帝師　女童

女奴　女郎

宰相　帝主　太子　世子　女子　道士

君主　人主　皇帝　皇后　臣子　丞相　元帥　君子

貴者　儒者　童子　仙子　男子　神女　仙女　王母

妃子　僧子

○王孫帝子第五

王孫楚詞王孫遊兮不歸　皇孫　王姬　神孫　王妃

后妃　太妃

帝子滕王閣詩閣中帝子今何在　胄子國子也　帝胄　聖子

皇子　公主天子之女曰公主　公族　王子

○男兒女子第六

男兒　儒師　童兒　孫兒

女兒　女童　丈人

女子　婦女　妓女　女婿

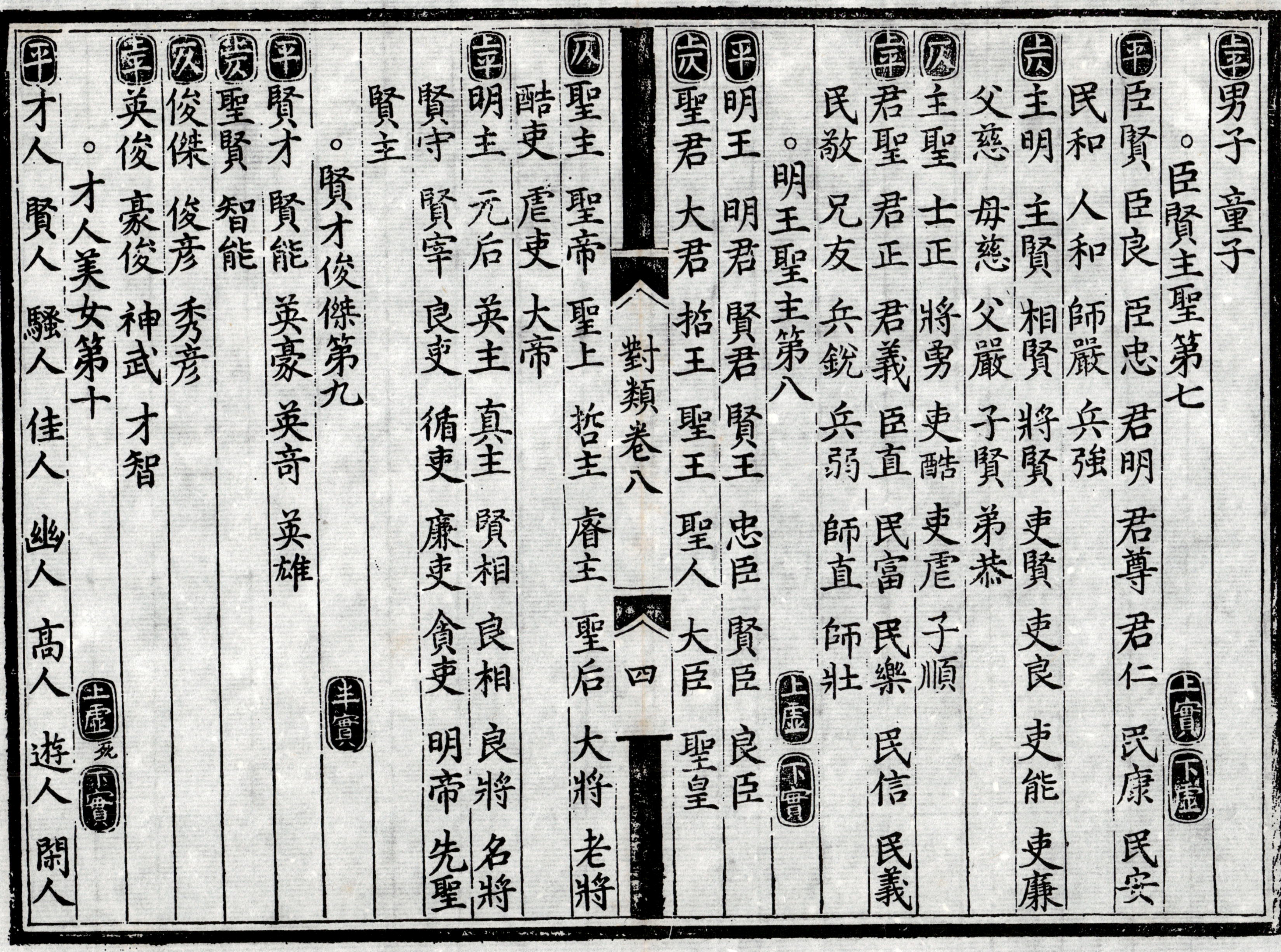

【上平】男子　童子

○臣賢主聖第七

【平】臣賢　臣良　臣忠　君明　君尊　君仁　民康　民安

民和　人和　師嚴　兵強

【上去】主明　主賢　相賢　將賢　吏賢　吏良　吏能　吏廉

父慈　母慈　父嚴　子賢　弟恭

【仄】主聖　士正　將勇　吏酷　吏虐　子順

【上平】君聖　君正　君義　臣直　民富　民樂　民信　民義

民敬　兄友　兵銳　兵弱　師直　師壯

上實　下虛

○明王聖主第八

【平】明王　明君　賢君　賢王　忠臣　賢臣　良臣

【上去】聖君　大君　哲王　聖王　聖人　大臣　聖皇

上虛　下實

【仄】聖主　聖帝　聖上　哲主　睿主　聖后　大將　老將

酷吏　虐吏　大帝

【上平】明主　元后　英主　真主　賢相　良相　良將　名將

賢守　賢宰　良吏　循吏　廉吏　貪吏　明帝　先聖

賢主

○賢才俊傑第九

半實

【平】賢才　賢能　英豪　英奇　英雄

【上去】聖賢　智能

【仄】俊傑　俊彥　秀彥

【上平】英俊　豪俊　神武　才智

○才人美女第十

【平】才人　賢人　騷人　佳人　幽人　高人　遊人　閑人

上虛　死　下實

（平）男子 童子

○臣賢主聖第七

（平）臣賢 臣良 臣忠 君明 君尊 君仁 民康 民安 上實 下虛

（仄）民和 人和 師嚴 兵強

（仄）主明 主賢 相賢 將賢 吏賢 吏良 吏能 吏廉

（仄）父慈 母慈 父嚴 子賢 弟恭

（仄）主聖 士正 將勇 吏酷 吏虐 子順

（平）君聖 君正 君義 臣直 民富 民樂 民信 民義

民敬 兄友 兵銳 兵弱 師直 師壯 上虛 下實

○明王聖主第八

（平）明王 明君 賢君 賢王 忠臣 賢臣 良臣

（仄）聖君 大君 哲王 聖王 聖人 大臣 聖皇

（仄）聖主 聖帝 聖上 哲主 睿主 聖后 大將 老將

酷吏 虐吏 大帝

（平）明主 元后 英主 真主 賢相 良相 良將 名將

賢守 賢宰 良吏 循吏 廉吏 貪吏 明帝 先聖

賢主

○賢才俊傑第九 上實

（平）賢才 賢能 英豪 英奇 英雄

（仄）聖賢 智能

（仄）俊傑 俊英 秀英

（平）英俊 豪俊 神武 才智

○才人美女第十

（平）才人 賢人 驕人 佳人 逸人 高人 遊人 閑人 上虛 下實

仙人 名儒 先儒 洪儒 寒儒 真儒 名師 寒生
真賢 真才 奇才 良才 奇童 奇男 良工 良農
幽僧 高僧 閑僧 良朋 佳朋 佳賓 良民 平民
窮民 愁人 愚夫 名姬 名姝

〔上仄〕大人 小人 善人 美人 麗人 老人 散人 好人
正人 逸人 故人 達人 吉人 大賢 大賓 上賓
逸民 拙工 散僧 小僧 老僧 老翁 醉翁 富翁
老農 惰農 曠夫 壯夫 遠商 巨商 小兒 小童
古人

〔仄〕美女 淑女 少女 烈女 巧女 巧婦 愁婦 老婦
懶婦（杜城南懶婦愁多夢） 愁女 秀子 俊士 壯士 吉士 志士
善士 達士 處士 俠士 秀士 隱士 逸士 猛士

小吏 益友 舊友 故友 好友 老子 穉子 孺子
小子 老叟 幼婦 醉客 逆旅 遠客 好客 倦客
狎客 貴客 上客 隱者 巧匠 括匠 大匠 拙匠

〔上平〕才士 佳士 奇士 高士 賢士 名士 良士 多士
遊子 才子 佳客 遊客 閑客 愁客 仙客 騷客
嬌客 狂客 吟客 癡客 遊女 仙女 愁婦 思婦
良友 芳友 騷將 騷伯 良賈 良匠 名匠

○來人去客十一 〔上虛〕活〔下實〕

〔平〕來人 歸人 征人 征夫 征商 行人 行商 覊人
居民 飛仙

〔上仄〕坐賓 去人 去官 逐臣 罷官

〔仄〕去客 坐客 逐客 逆旅

〔仄〕去客 坐客 遊客 遊族
〔仄平〕坐賓 去人 去官 逐臣 謫宦
居民 飛仙
〔平〕來人 歸人 征人 征夫 征商 行人 行商 羈人
○來人去客十一 〔平仄〕活〔仄仄〕
良友 芳友 騷客 騷伯 良賈 良匠 名匠 恩婦
嬌客 狂客 吟客 瀛客 遊女 仙女 織婦 騷客
遊子 才子 佳客 遊客 閑客 織客 仙客 冬客
才士 佳士 奇士 高士 貴士 名士 良士 冬士
〔仄仄〕御客 貴客 上客 隱者 巧匠 哲匠 大匠 拙匠
小子 老叟 怨婦 醉客 遊族 遠客 好客 儒客
小兒 盜女 儒女 故友 好友 老子 韓子 孺子

善士 達士 處士 俠士 秀士 隱士 逸士 盜士
嬾婦（杜牧妓夢南長鄰婁）愁女 秀子 俊士 壯士 吉士 志士
〔仄〕美女 淑女 少女 烈女 巧女 巧婦 怨婦 老婦
古人
老農 情農 曠夫 壯夫 遠商 巨商 小兒 小童
逸民 拙工 散僧 小僧 老僧 老翁 醉翁 富翁
正人 逸人 故人 達人 吉人 大賢 大賓 上賓
〔仄平〕大人 小人 善人 美人 麗人 老人 散人 好人
窮民 愁人 愚夫 名姬 名姝
幽僧 高僧 閑僧 良朋 佳朋 佳賓 良民 平民
真賢 真才 奇才 良才 奇童 奇男 良工 良農
仙人 名儒 先儒 洪儒 寒儒 真儒 名師 寒生

【上平】歸客　來价　來使　歸使　回戍　羇旅　行客　行旅

征旅

○詩人酒客十二

【平】詩人　詩翁　詩朋　詩仙　詩僧　詞臣　【並實】詞人　文人

郢人　吟翁　歌童　樵童　樵夫　農人　農夫　漁翁

舟師　篙師　篙人　舟人　棊童　棊仙　琴師　樵翁

耕夫　書生　儒生　仙娥　仙童　禪僧　宮姬　宮娥

歌姬　棊夫　庖人　弓人　漁人　漁郎　樵人　歌兒

【上仄】酒徒　牧童　釣徒　梓人　獵夫　畫工　牧人　酒仙

釣翁　學徒　舞妹　士人　僕夫　匠人　矢人

【入】酒客　酒侶　釣侶　釣叟　釣客　舉子（槐花黃舉子忙）　織婦

綉婦　梓匠　饁婦（送耕者飯曰饁婦）　劒士　戍卒　棹卒　羽士

羽客　釋子　冶匠　獵者　武士　畫士　道侶　隱客

俠客　衲子　道士　學士　學子　相士　賈客　奕士

術士　卜史　祝史　舞女　舞妓　義士　士子　筆吏

劒客

【上平】詩客　詩友　仙客　詩師　文士　琴客　琴士　琴友

漁父　漁叟　樵客　樵叟　樵子　農父　耕者　甄者

棊友　機女　工女　歌妓　棊客　棊士　舟子　稍子

田父　耕叟　閨婦　歌女　儒士　儒者　蠶婦　仙侶

詩伯

【聖賢類】○皋陶伯益十三　【並實】

【平】皋陶　周公　宣尼　顏淵　曾參　樊遲　朱雲　袁安

神農　田單　張良　陳平　姚崇　蕭何　曹參　玄齡

【平】神農　田單　張良　陳平　姚崇　蕭何　曹參　玄齡

皐陶　周公　宣尼　顏淵　曾參　樊遲　朱雲　來安

【[illegible]】○皐陶伯益十三　【仄】

詩伯

田父　耕叟　閨婦　歌女　儒士　儒者　蠶婦　仙侶

棊友　機女　工女　歌妓　棊客　棊士　舟子　篙子

漁父　漁叟　樵客　樵叟　樵子　農父　耕者　瓢者

【平】詩客　詩友　仙客　詩帥　文士　琴客　琴士　琴友

劍客

術士　卜史　祝史　舞女　舞妓　義士　士子　筆吏

俠客　衲子　道士　學士　學子　相士　賈客　奕士

酒客　禪子　冶匠　獵者　武士　畫士　道侶　隱客

繡婦　梓匠　饁婦（田婦饁耕者飯）　餉士　戍卒　棹卒　羽士

【仄】酒客　酒侶　釣侶　釣叟　釣客　舉子（[illegible]）　織婦

釣徒　學徒　舞姝　士人　僕夫　匠人　夫人

【仄】酒徒　牧童　釣徒　梓人　織夫　畫工　牧人　酒仙

歌姬　棊夫　亮人　巴人　漁人　漁郎　樵人　歌兒

耕夫　書生　儒生　仙娥　仙童　禪僧　宮姬　宮娥

舟師　篙師　篙人　舟人　棊童　棊仙　琴師　樵翁

山人　吟翁　歌童　樵童　樵夫　農人　農夫　漁翁

【平】詩人　詩翁　詩朋　詩仙　詩僧　詞臣　詞人　文人

○詩人酒客十三　【仄】

征旅

【】歸客　來价　來使　歸使　回使　羈旅　行客　行旅

相如 孫康 匡衡 王通 荀卿 楊雄 羲之 孫臏
公羊 秦非 顏高 顏幸 高柴 秦商 申棖 黃香
陶潛 丁蘭 王祥 文翁
【上去】太公 仲弓 伯魚 子思 子游 子張 宰予 郝隆
孟軻 孟嘗 孟嘉 屈原 孔明 退之 子猷 子期
伯牙 仲舒 謝安 杜康 子騫 伯牛 仲容 子開
范增 伯俞 叔齊 伯夷 孟宗 子贍 仲由 買臣
【仄】伯益 呂望 傅說 老子 墨子 子夏 子建 子叔
季路 宰我 冉有 貢禹 賈誼 李白 李廣 李勣
李密 李牧 杜甫 庾亮 列子 武子 柳子 子路
管仲 趙盾 范蠡 葛伯 祖逖 子有 子貢 子羽
子產 孔子 鬼谷 鄧禹 項羽 子厚 子美

【上平】莊子 微子 楊子 伊尹 蘇武 晁錯 江革 劉寵
班固 曾點 黃憲 張翰 張敞 王樹 王勃 韓信
曹操 孫敬 韓愈 靈運 荀子 宗澤 曾晳 文伯
彭祖 康節 彭越 曾子 周子 程子 朱子 蘇子
顏叔 康子 張子 言偃 申伯 關索 先主

【三才類】。天神地弼十四 【並實】

【平】天神 天靈 天工 天君 天民 民軍 民兵 神王
神人 神童 天王 天軍 天兵 天妃 童人 官人
【上去】地邪 地仙 地公 土人 地靈 土孫 鬼人 鬼工
【仄】地弼 地煞 地魄 地鬼 地力 地祟 地魅 鬼魅
土鬼 土魄 土客 土友 土旅 地客 地友 鬼子
鬼母 鬼婦 地旅 鬼隱

鬼母 鬼婦 地族 鬼隱
土鬼 土魄 土客 土文 土族 地客 地文 鬼子
【仄】地洞 地煞 地魄 地鬼 地力 地崇 地魅 鬼魅
【仄】地邪 地仙 地公 土人 地靈 土孫 鬼人 鬼工
神人 神童 天王 天軍 天兵 天妃 童人 官人
【平】天神 天靈 天工 天君 天民 民軍 民兵 神王
【三字類】天神地祇十四 【並賓】
頊奴 康子 猿子 言偃 申伯 關索 先主 蘇子
彭祖 康節 彭越 曾子 周子 程子 朱子 文伯
曹操 孫叔 韓愈 靈運 荀子 宗澤 曾晳 韓信
班固 曾點 黃憲 張翰 張敞 王樹 王勃
【平】莊子 微子 楊子 伊尹 蘇武 晁錯 江革 劉寵

子產 孔子 愚公 鄧禹 項羽 子厚 子美
管仲 趙盾 范蠡 葛伯 祖逖 子有 子貢 子淵
李密 李牧 杜甫 庾亮 列子 武子 柳子 子路
季路 宰我 冉有 貢禹 賈誼 李白 李廣 李勣
【仄】伯益 呂望 傅說 老子 墨子 子夏 子建 子敬
范增 伯俞 叔齊 伯夷 孟宗 子路 仲由 買臣
伯牙 仲舒 謝安 杜康 子騫 伯牛 仲容 子聞
孟軻 孟嘗 孟嘉 原憲 孔明 退之 子猷 子期
【仄】太公 仲弓 伯魚 子思 子游 子張 宰予 郝隆
陶潛 丁蘭 王祥 文翁
公羊 秦非 顏高 顏辛 高柴 秦商 申棖 黃香
相如 孫康 匡衡 王通 荀卿 楊雄 羲之 孫寶

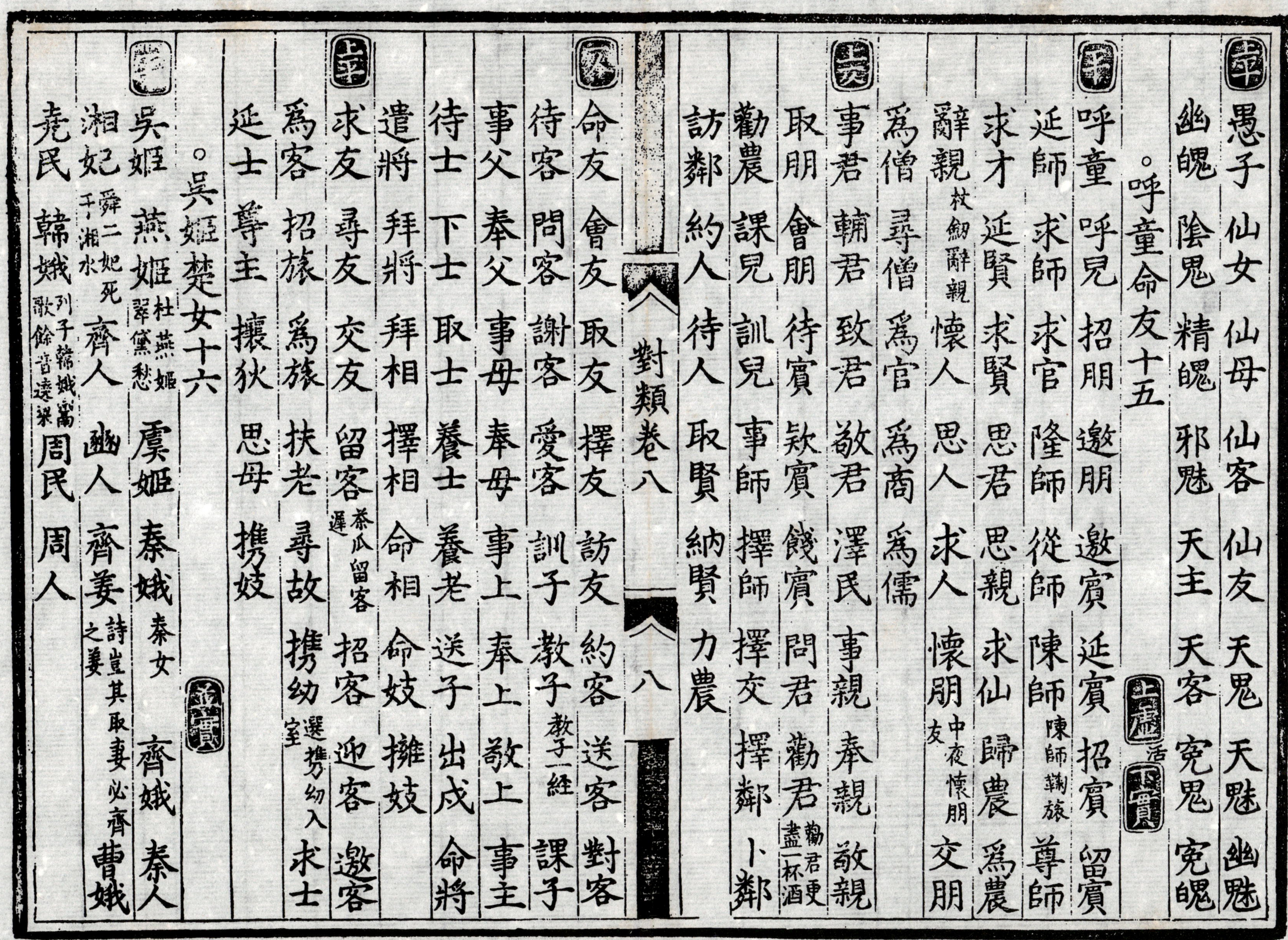
〔平〕愚子　仙女　仙母　仙客　仙友　天鬼　天魅　幽魅
幽魄　陰鬼　精魄　邪魅　天主　天客　冤鬼　冤魄
○呼童命友十五
〔平〕呼童　呼兒　招朋　邀朋　邀賓　延賓　招賓　留賓
延師　求師　求官　隆師　從師　陳師陳師鞠旅　尊師
〔上虛下實〕活
求才　延賢　求賢　思君　思親　求仙　歸農　爲農
辭親杖劍辭親　懷人　思人　求人　懷朋中夜懷朋友　交朋
爲僧　尋僧　爲官　爲商　爲儒
〔去〕事君　輔君　致君　敬君　澤民　事親　奉親　敬親
取朋　會朋　待賓　款賓　餞賓　問君　勸君勸君更盡一杯酒
勸農　課兒　訓兒　事師　擇師　擇交　擇鄰　卜鄰
訪鄰　約人　待人　取賢　納賢　力農

〔入〕命友　會友　取友　擇友　訪友　約客　送客　對客
待客　問客　謝客　愛客　訓子　教子教子一經　課子
事父　奉父　事母　奉母　事上　奉上　敬上　事主
待士　下士　取士　養士　養老　送子　出戍　命將
遣將　拜將　拜相　擇相　命相　命妓　攜妓
〔上平〕求友　尋友　交友　留客黍瓜留客遲　招客　迎客　邀客
爲客　招旅　爲旅　扶老　尋故　攜幼還攜幼入室　求士
延士　尊主　攘狄　思母　攜妓
○吳姬楚女十六
〔平〕吳姬　燕姬杜燕姬翠黛愁　虞姬　秦娥秦女　齊娥　秦人
〔並實〕
湘妃舜二妃死于湘水　齊人　幽人　齊姜詩豈其取妻必齊之姜　曹娥
堯民　韓娥列子韓娥鬻歌餘音遶梁　周民　周人

鬼子 仙女 仙母 仙客 仙友 天鬼 天魑 幽魑

鬼魄 陰鬼 精魄 邪魅 天主 天客 窮鬼 窮魄

○呼童命友十五

呼童 呼兒 招朋 邀朋 邀賓 延賓 招賓 留賓

延師 求師 求官 逢師 從師 陳師 陳師[illegible] 尊師

求才 延賢 求賢 思君 思賢 求仙 歸農 爲農

辭親 [illegible] 懷人 思人 求人 懷朋 [illegible] 交朋

爲僧 尋僧 爲官 爲商 爲儒

事君 輔君 致君 欽君 擇民 事親 奉親 敬親

取朋 會朋 待賓 款賓 饒賓 問君 勸君 盡一杯酒[illegible]

勸農 課兒 訓兒 事師 擇師 擇交 擇鄰 卜鄰

訪鄰 約人 待人 取賢 納賢 力農

命友 會友 取友 擇友 訪友 約客 送客 對客

待客 問客 謝客 愛客 訓子 教子 教子一經 課子

事父 奉父 事母 奉母 事上 奉上 敬上 事主

待士 下士 取士 養士 養老 送子 出次 命將

遣將 拜將 拜相 擇相 命相 命妓 攜妓

求友 尋友 交友 留客 [illegible] 招客 迎客 邀客

爲客 招旅 爲旅 扶老 尋故 攜幼 [illegible] 求士

延士 奉主 撫伙 思母 攜妓

○吳娃楚女十六

吳娃 燕姬 [illegible] 盧姬 秦娥 秦女 齊娥 秦人

湘妃 舜二妃死于湘水 齊人 幽人 齊姜 詩豈其取妻必齊之姜 曹娥

堯氏 韓娥 [illegible] 周氏 周人

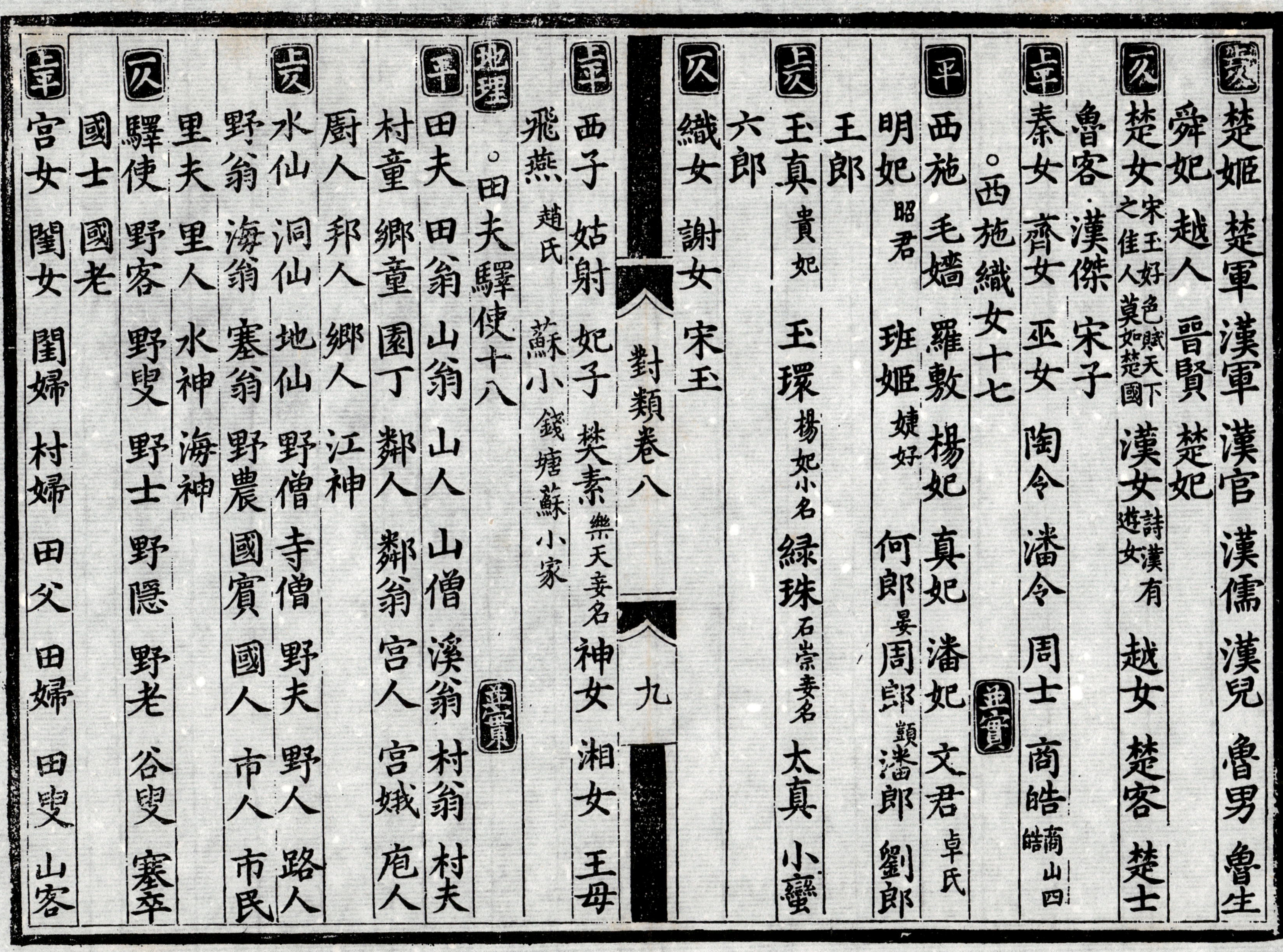

【上仄】楚姬　楚軍　漢軍　漢官　漢儒　漢兒　魯男　魯生
舜妃　越人　晉賢　楚妃
【仄】楚女宋玉好色賦天下之佳人莫如楚國　漢女詩漢有遊女　越女　楚客　楚士
魯客　漢傑　宋子
【上平】秦女　齊女　巫女　陶令　潘令　周士　商皓商山四皓

○西施織女十七　【並實】

【平】西施　毛嬙　羅敷　楊妃　真妃　潘妃　文君卓氏
明妃昭君　班姬婕好　何郎晏　周郎顗　潘郎　劉郎
王郎
【上仄】玉真貴妃　玉環楊妃小名　綠珠石崇妾名　太真　小蠻
六郎
【仄】織女　謝女　宋玉
【上平】西子　姑射　妃子　樊素樂天妾名　神女　湘女　王母
飛燕趙氏　蘇小錢塘蘇小家

【地理】○田夫驛使十八　【並實】

【平】田夫　田翁　山翁　山人　山僧　溪翁　村翁　村夫
村童　鄉童　園丁　鄰人　鄰翁　宮人　宮娥　庖人
廚人　邦人　鄉人　江神
【上仄】水仙　洞仙　地仙　野僧　寺僧　野夫　野人　路人
野翁　海翁　塞翁　野農　國賓　國人　市人　市民
里夫　里人　水神　海神
【仄】驛使　野客　野叟　野士　野隱　野老　谷叟　塞卒
國士　國老
【上平】宮女　閨女　閨婦　村婦　田父　田婦　田叟　山客

宮女 閨女 閨婦 村婦 田父 田婦 田叟 山客
國士 國老
驛使 野客 野叟 野士 野隱 野老 谷叟 塞卒
里夫 里人 水神 海神
野翁 仙翁 塞翁 野農 國賓 國人 市人 市民
水仙 洞仙 地仙 野僧 寺僧 野夫 野人 路人
廚人 邦人 鄉人 江神
村童 鄉童 園丁 鄰人 鄰翁 宮人 宮娥 宦人
田夫 田翁 山翁 山人 山僧 溪翁 村翁 村夫
。田夫 驛使 十八
飛燕 趙氏 蘇小 錢唐蘇小家
西子 姑射 妃子 樊素 樂天妓名 神女 湘女 王母

織女 謝女 宋玉
六郎
玉真 貴妃 玉環 楊貴妃小名 綠珠 石崇妾名 太真 小蠻
王郎
明妃 昭君 班姬 婕妤 何郎 晏 周郎 瑜 潘郎 岳 劉郎 晨
西施 毛嬙 羅敷 楊妃 真妃 潘妃 文君 卓氏
。西施 織女 十七
秦女 齊女 巫女 陶令 潘令 周士 商皓 商山四皓
魯客 漢傑 宋子
楚女 宋玉好色賦天下佳人莫如楚國 漢女 詩漢有游女 越女 楚客 楚士
舜妃 趙人 晉賈 楚妃
楚姬 楚軍 漢軍 漢官 漢儒 漢兒 魯男 魯生

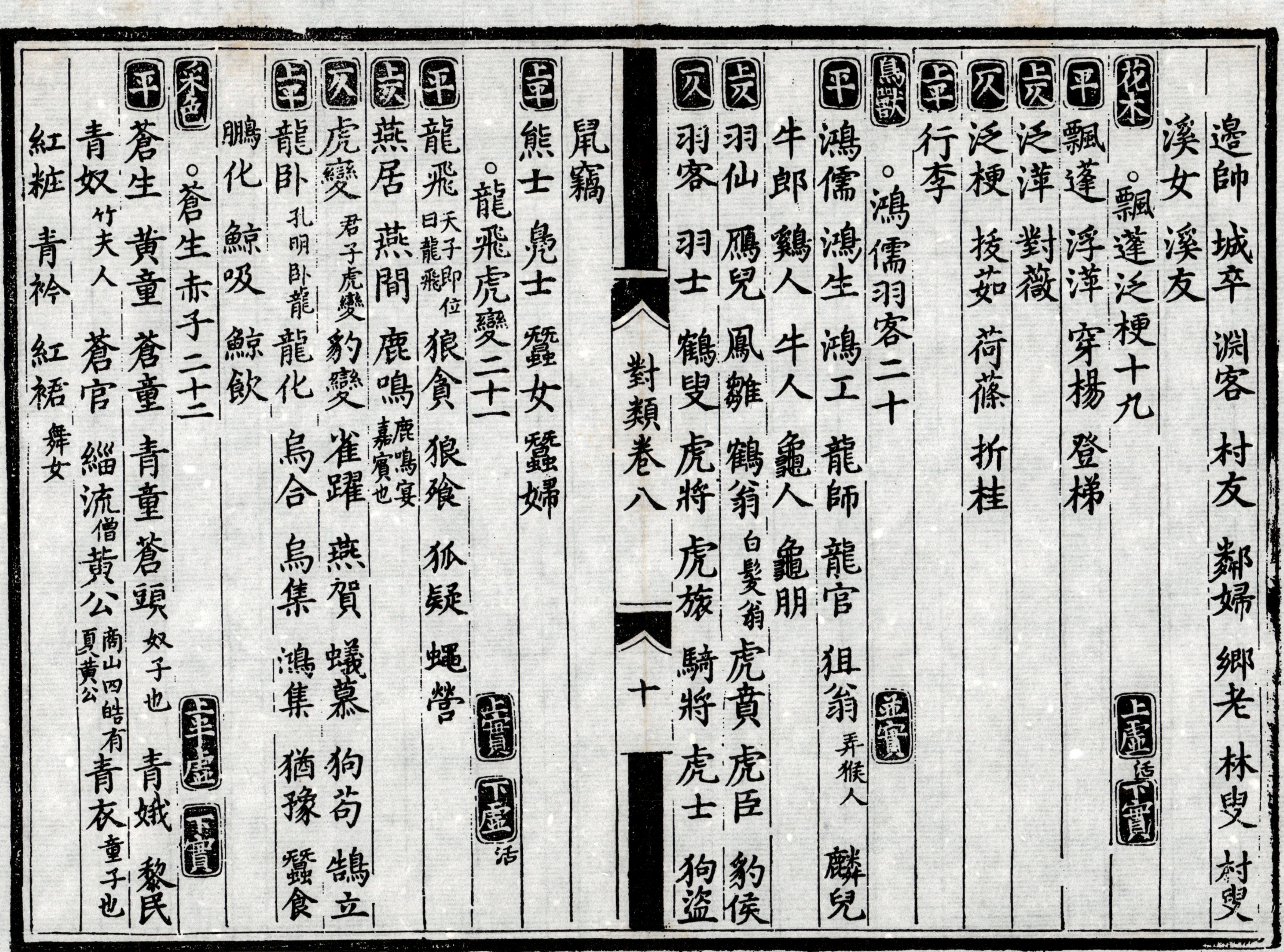

邊帥　城卒　淵客　村友　鄰婦　鄉老　林叟　村叟

溪女　溪友

花木　○飄蓬泛梗十九　上虛活下實

平　飄蓬　浮萍　穿楊　登梯

上仄　泛萍　對薇

仄　泛梗　援茹　荷蓧　折桂

上平　行李

鳥獸　○鴻儒羽客二十　並實

平　鴻儒　鴻生　鴻工　龍師　龍官　狙翁弄猴人　麟兒

牛郎　鷄人　牛人　龜人　龜朋

上仄　羽仙　鴈兒　鳳雛　鶴翁白髮翁　虎賁　虎臣　豹侯

仄　羽客　羽士　鶴叟　虎將　虎旅　騎將　虎士　狗盜

鼠竊

上平　熊士　鳧士　蠶女　蠶婦

○龍飛虎變二十一　上實下虛活

平　龍飛天子即位曰龍飛　狼貪　狼飱　狐疑　蠅營

上仄　燕居　燕間　鹿鳴鹿鳴宴嘉賓也

仄　虎變君子虎變　豹變　雀躍　燕賀　蟻慕　狗苟　鵠立

上平　龍卧孔明卧龍　龍化　烏合　烏集　鴻集　猶豫　蠶食

鵬化　鯨吸　鯨飲

采色　○蒼生赤子二十二　上虛下實

平　蒼生　黃童　蒼童　青童　蒼頭奴子也　青娥　黎民

青奴竹夫人　蒼官　緇流僧　黃公商山四皓有夏黃公　青衣童子也

紅粧　青衿　紅裙舞女

漁師 漁卒 漁客 村丈 樵婦 漁夫 林叟 樵叟

溪女 溪友

○飄蓬浮萍泛梗十九

飄蓬 浮萍 寄梗 登樓

泛萍 斷蓬

泛梗 披茹 荷藤 折桂

行李

○鴻儒羽客二十

鴻儒 漁生 鴻工 龍師 龍官 狗盜（弄猴人） 蕭史

牛郎 織人 牛人 龜人 龜朋

羽仙 雁兒 鳳雛 鶴翁（白髮翁） 虎賁 虎臣 狗侯

羽客 羽士 鶴叟 虎將 虎旅 豹將 虎士 狗盜

鼠竊

熊士 虎士 蠶女 蠶婦

○龍飛虎變二十一

龍飛（日天龍飛乘卯位） 狼貪 狼餘 狐疑 蝸營

燕居 燕間 鹿鳴（嘉宴賓也） 燕賀 蜂蟲

虎變（君子虎變） 豹變 雀躍 燕賀 鵲噪 蛾飛 蝗立

龍卧（孔明卧龍） 龍化 鳥合 鳥集 鴻集 鴿翔 鸞食

鵬化 鯨吸 鯨飲

○蒼生赤子二十二

蒼生 黃童 蒼童 蒼頭（奴子也） 青娥 黎民

青奴（竹夫人） 蒼官 緇流（僧） 黃公（夏黃公商山四皓） 青衣（童子也）

紅粧 青娥 紅粧 素女

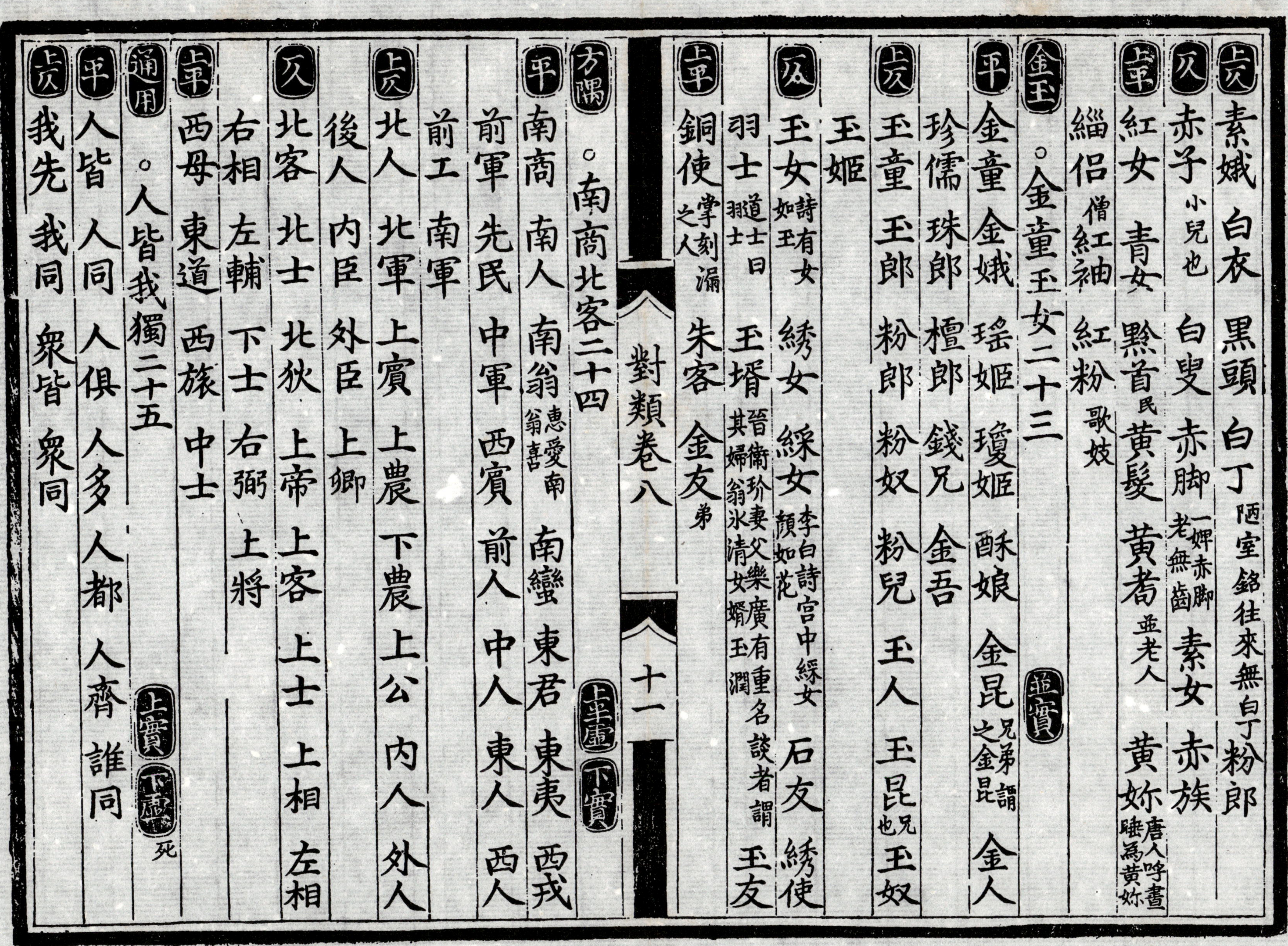

〔上仄〕素娥　白衣　黑頭　白丁陋室銘往來無白丁　粉郎
〔仄〕赤子小兒也　白叟　赤脚一婢赤脚老無齒　素女　赤族
〔上平〕紅女　青女　黔首民　黃髮　黃耇並老人　黃妳唐人呼書睡為黃妳
緇侶僧　紅袖　紅粉歌妓

〔金玉〕○金童玉女二十三〔並實〕
〔平〕金童　金娥　瑶姬　瓊姬　酥娘　金昆兄弟謂之金昆　金人
珍儒　珠郎　檀郎　錢兄　金吾
〔上仄〕玉童　玉郎　粉郎　粉奴　粉兒　玉人　玉昆兄也　玉奴
玉姬
〔仄〕玉女詩有女如玉　綉女　綵女李白詩宫中綵女顏如花　石友　綉使
羽士道士曰羽士　玉壻晉衛玠妻父樂廣有重名談者謂其婦翁氷清女婿玉潤　玉友
〔上平〕銅使掌刻漏之人　朱客　金友弟

〔方隅〕○南商北客二十四〔上平虛〕〔下實〕
〔平〕南商　南人　南翁惠愛南翁喜　南蠻　東君　東夷　西戎
前軍　先民　中軍　西賓　前人　中人　東人　西人
前工　南軍
〔上仄〕北人　北軍　上賓　上農　下農　上公　內人　外人
後人　內臣　外臣　上卿
〔仄〕北客　北士　北狄　上帝　上客　上士　上相　左相
右相　左輔　下士　右弼　上將
〔上平〕西母　東道　西旅　中士

〔通用〕○人皆我獨二十五〔上實〕〔下虛〕死
〔平〕人皆　人同　人俱　人多　人都　人齊　誰同
〔上仄〕我先　我同　衆皆　衆同

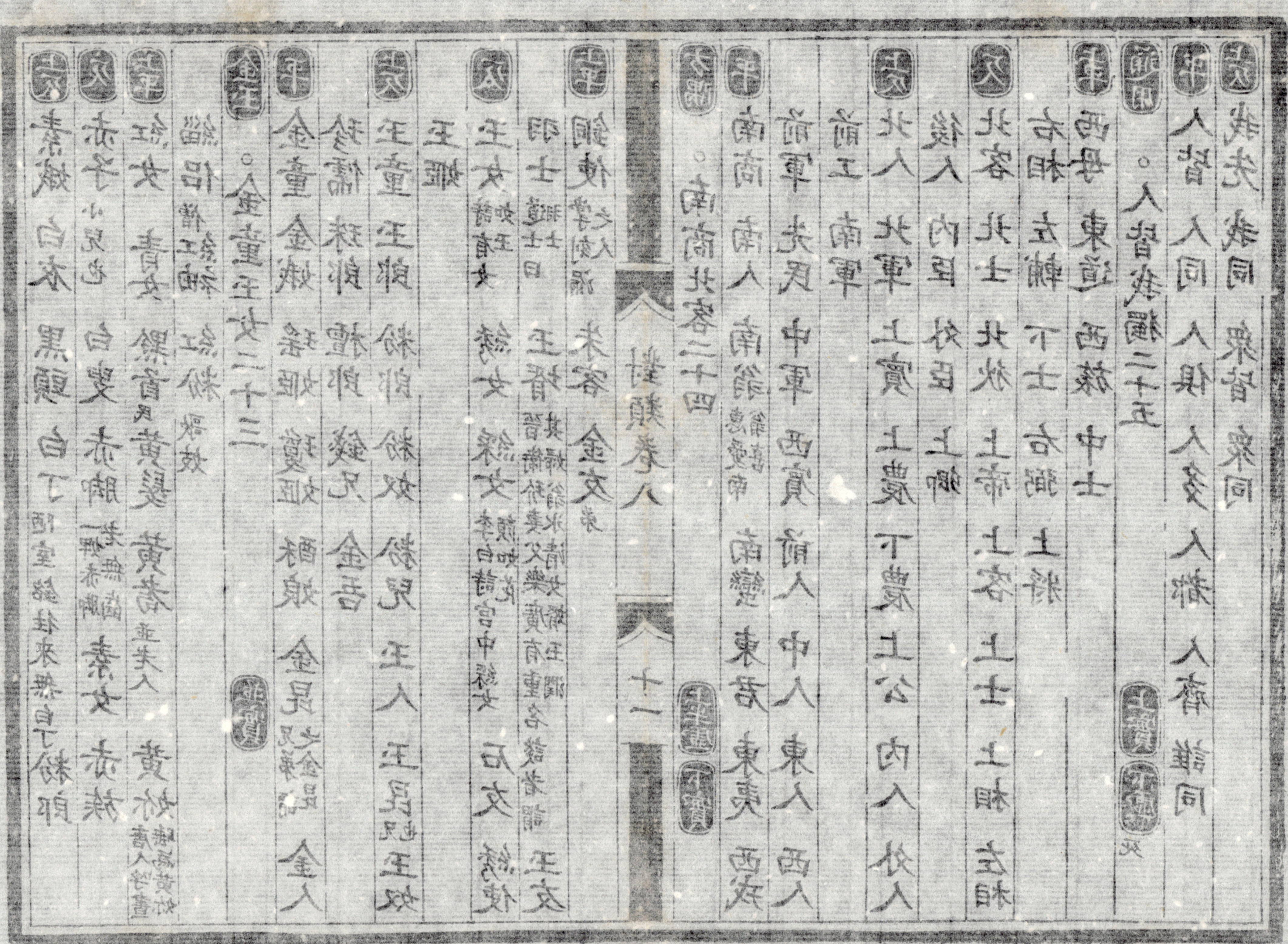

素娥 白衣 黑頭 白丁（陋室銘往來無白丁） 粉郎

赤子（小兒也） 白叟 赤脚（[illegible]） 素女 赤族

紅女 青女 黔首（民） 黃髮 黃耇（並老人） 黃妳（唐人謂書為黃妳）

繡伯（稱繡工） 紅粉（美女）

。金童玉女二十三

金童 金娥 瑤姬 瓊姬 西娘 金昆（[illegible]） 金人

珍儒 珠娘 瓊郎 錢兄 金吾

玉童 玉郎 粉郎 粉奴 粉兒 玉人 玉昆（兄也） 玉奴

玉姬

玉女（詩有女如玉） 繡女 綵女（李白詩宮中綵女） 石女 繡使

羽士（道士曰羽士） 玉婿（晉衛玠妻父樂廣有重名議者謂婦翁冰清女婿玉潤） 玉文

銅使（[illegible]） 米客 金文（[illegible]）

。南西北客二十四

南商 南人 南翁（[illegible]） 南蠻 東吾 東夷 西戎

前軍 先民 中軍 西賓 前人 中人 東人 西人

前工 南軍

北人 北軍 上賓 上農 下農 上公 內人 外人

後人 內臣 外臣 上卿

北客 北士 北狄 上帝 上客 上士 上相 左相

右相 左輔 下士 右弼 上將

西母 東道 西旅 中士

。人皆我獨二十五

人皆 人同 人俱 人多 人游 人齊 誰同

我先 我同 衆皆 衆同

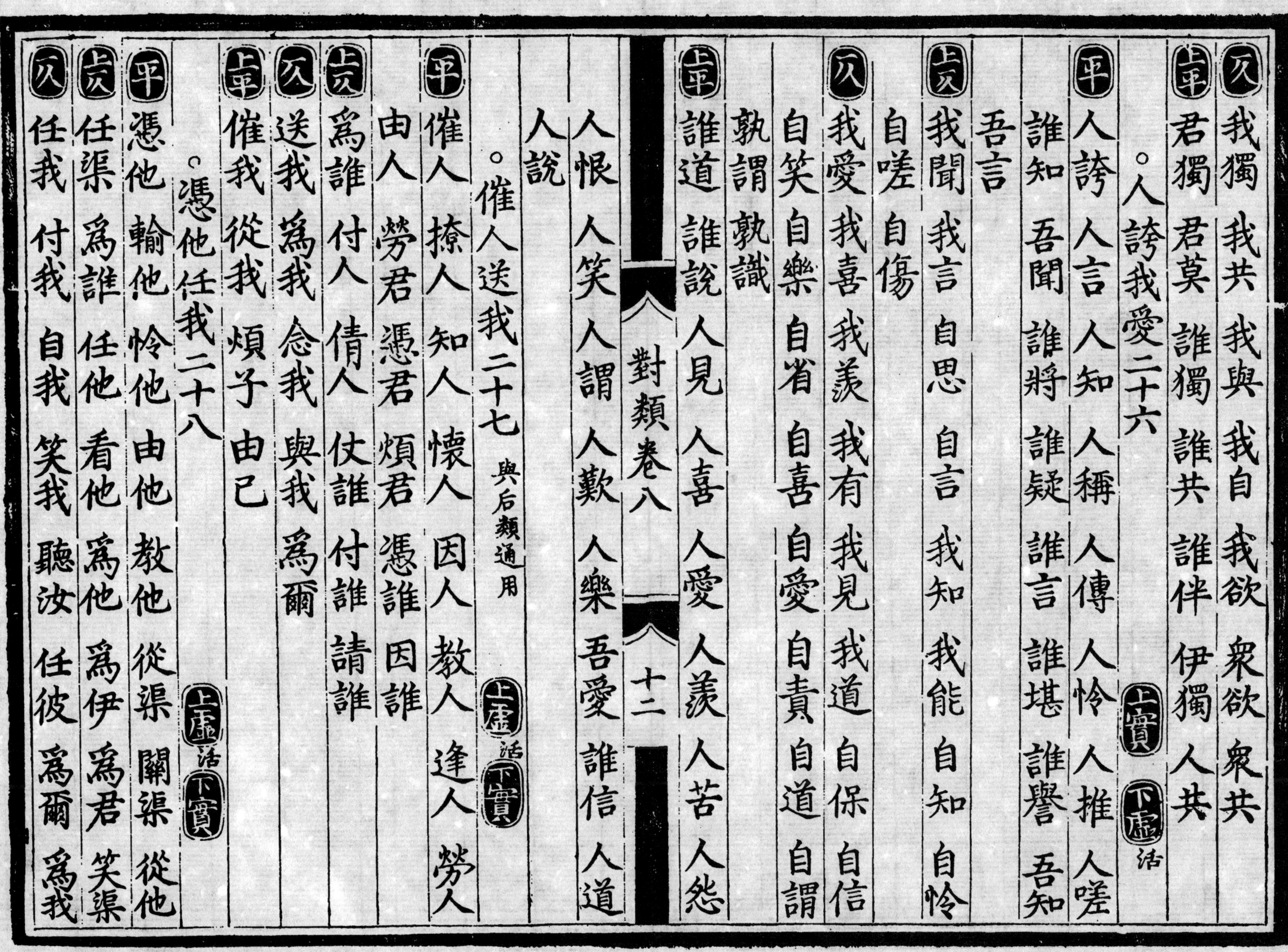

〔入〕我獨　我共　我與　我自　我欲　衆欲　衆共

〔上平〕君獨　君莫　誰獨　誰共　誰伴　伊獨　人共

○人誇我愛二十六　〔上實〕〔下虛〕活

〔平〕人誇　人言　人知　人稱　人傳　人憐　人推　人嗟

誰知　吾聞　誰將　誰疑　誰言　誰堪　誰譽　吾知

吾言

〔上去〕我聞　我言　自思　自言　我知　我能　自知　自憐

自嗟　自傷

〔入〕我愛　我喜　我羨　我有　我見　我道　自保　自信

自笑　自樂　自省　自喜　自愛　自責　自道　自謂

孰謂　孰識

〔上平〕誰道　誰說　人見　人喜　人愛　人羨　人苦　人怨

人恨　人笑　人謂　人歎　人樂　吾愛　誰信　人道

人說

○催人送我二十七　與后類通用　〔上虛〕活〔下實〕

〔平〕催人　撩人　知人　懷人　因人　教人　逢人　勞人

由人　勞君　憑君　煩君　憑誰　因誰

〔上去〕爲誰　付人　倩人　仗誰　付誰　請誰

〔入〕送我　爲我　念我　與我　爲爾

〔上平〕催我　從我　煩子　由己

○憑他任我二十八　〔上虛〕活〔下實〕

〔平〕憑他　輸他　憐他　由他　教他　從渠　闌渠　從他

〔上去〕任渠　爲誰　任他　看他　爲他　爲伊　爲君　笑渠

〔入〕任我　付我　自我　笑我　聽汝　任彼　爲爾　爲我

〔仄〕任我 付我 自我 笑我 聽汝 任汝 為爾 為我

〔去仄〕任渠 為誰 任他 看他 為他 為伊 為君 笑渠

〔平〕憑他 輸他 怜他 由他 教他 從渠 關渠 從他

○憑他任我二十八 〔上虛〕活〔下實〕

〔去平〕催我 從我 須予 由己

〔入〕送我 為我 念我 與我 為爾

〔上仄〕為誰 付人 信人 仗誰 付誰 請誰

由人 勞君 憑君 須君 憑誰 因誰

〔平〕催人 撩人 知人 嫌人 因人 教人 逢人 勞人

○催人送我二十七 與后類通用 〔上虛〕活〔下實〕

人說

人恨 人笑 人謂 人歎 人樂 吾愛 誰信 人道

對類卷八　十二

〔去平〕誰道 誰說 人見 人喜 人愛 人羨 人苦 人怨

孰謂 孰識 自笑 自樂 自首 自喜 自愛 自責 自道 自謂

〔入〕我愛 我喜 我羨 我有 我見 我道 自保 自信

自遣 自傷

〔去仄〕我聞 我言 自思 自言 我知 我能 自知 自怜

吾言

誰知 吾聞 誰將 誰疑 誰言 誰堪 誰譽 吾知

〔平〕人吟 人言 人知 人稱 人傳 人怜 人推 人嗟

○人詩我愛二十六 〔上實〕〔下虛〕活

〔去平〕吾獨 吾莫 誰獨 誰共 誰伴 伊獨 人共

〔入〕我獨 我共 我與 我自 我欲 眾欲 眾共

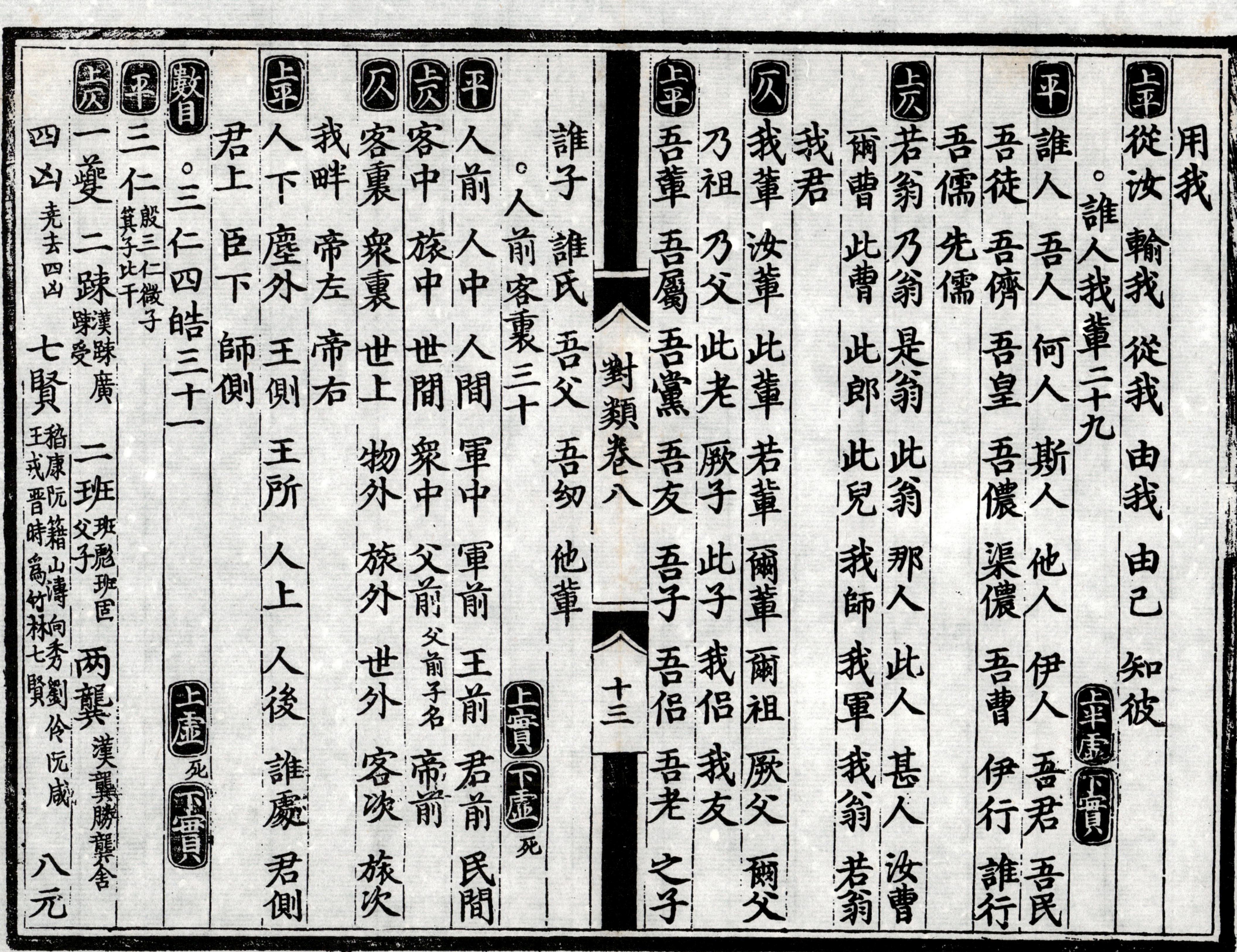

用我

【上平】從汝　輸我　從我　由我　由己　知彼

○誰人我輩二十九　【上平虛　下實】

【平】誰人　吾人　何人　斯人　他人　伊人　吾君　吾民

吾徒　吾儕　吾皇　吾儂　渠儂　吾曹　伊行　誰行

吾儒　先儒

【上仄】若翁　乃翁　是翁　此翁　那人　此人　甚人　汝曹

爾曹　此曹　此郎　此兒　我師　我軍　我翁　若翁

我君

【仄】我輩　汝輩　此輩　若輩　爾輩　爾祖　厥父　爾父

乃祖　乃父　此老　厥子　此子　我侶　我友

【上平】吾輩　吾屬　吾黨　吾友　吾子　吾侶　吾老　之子

誰子　誰氏　吾父　吾幼　他輩

○人前客裏三十　【上實　下虛】死

【平】人前　人中　人間　軍中　軍前　王前　君前　民間

【上仄】客中　旅中　世間　衆中　父前（父前子名）　帝前

【仄】客裏　衆裏　世上　物外　旅外　世外　客次　旅次

我畔　帝左　帝右

【上平】人下　塵外　王側　王所　人上　人後　誰處　君側

君上　臣下　師側

【數目】○三仁四皓三十一　【上虛　下實】死

【平】三仁（殷三仁微子箕子比干）

【上仄】一夔　二疏（漢疏廣疏受）　二班（班彪班固父子）　兩龔（漢龔勝龔舍）

四凶（堯去四凶）　七賢（嵇康阮籍山濤向秀劉伶阮咸王戎晉時爲竹林七賢）　八元

四句（表去四山）十賢貴（王猛 文康 晉阮 咸籍 山濤 向秀 劉伶）八元

〔去入〕一變 二球（變球 受球 廣）二理（父典 尹咨 伊 唐）西冀（漢冀 嗛冀舍）

〔上平〕三仁（箕子 比干 微子 殷三仁）

〔貴〕。三仁 四皓 三十一 〔上去〕也〔上貴〕

君上 臣下 師側

〔上平〕人下 屢外 王側 王所 人上 人後 誰處 君側

故畔 帝左 帝右

〔入〕容裏 衆裏 世上 也外 旅外 世外 容旅 旅外

〔上入〕客中 旅中 世間 衆中 父前（父前子名）帝前

〔上平〕人前 人中 人間 軍中 軍前 王前 君前 民間

。人前 客裏 三十

誰子 誰氏 吾父 吾郊 弛輩 〔上貴〕〔下去〕也

鄒韻卷八 十三

〔上平〕吾輩 吾屬 吾儕 吾友 吾子 吾信 吾孝 今子

乃祖 乃父 此老 厥子 此子 教信 教友

〔入〕汝輩 汝輩 此輩 若輩 爾輩 爾祖 厥父 爾父

汝君

爾曹 此曹 此郎 此兒 教師 教軍 教翁 若翁

〔上入〕若翁 乃翁 是翁 此翁 那人 此人 其人 汝曹

吾儒 先儒

吾族 吾儕 吾皇 吾儂 渠儂 吾曹 伊行 誰行

〔上平〕誰人 吾人 何人 斯人 他人 伊人 吾君 吾民

。誰人 教輩 二十九 〔上平去〕〔上貴〕

〔上平〕從汝 輸教 從教 由教 由己 知彼

用教

八仙

【仄】四皓 東園公夏黃公綺里季甪里先生為商山四皓 六逸 八俊 八達 九老

八士 周有八士 十哲 孔門十哲 二老 八凱

【上平】三傑 蕭何韓信張良為三傑 【上虛】死【下實】

○三都兩漢三十二

【平】三都 三秦 孤秦 孤隋

【上仄】二都 二京 四京 六朝

【仄】兩漢 兩晉 四代 六國 五代

【上平】三代 三國

○三農百姓三十三

【平】三農 三軍 三公 千軍 千兵 千人 千官 群賢

群公 群英 群僚 群生 群兒 諸儒 諸生 諸軍 【上虛】死【下實】

諸侯 雙親 孤僧 孤臣 群儒 諸官 多男 三人

【上仄】兩君 四民 萬民 萬人 萬軍 五侯 百官 百僚

二親 百工 六官 六軍 六師 八仙 七賢 衆賢

衆賓 四鄰 兆民 六卿 二雛 九卿 一夫 一民

一人 衆人 百夫 萬夫 庶民 庶官 衆民 兩軍

萬兵

【仄】百姓 萬姓 兆姓 百職 百將 九牧 九族 一相

一將 一士 一祖 衆士 衆卒 衆客 萬旅 四輔

【上平】千乘 諸將 諸老 諸子 群后 群吏 群士 三友

三老 諸父 三代 三族

【連綿】○英雄雅淡三十四 與人事門風流慷慨互用 【並虛】死

【平】英雄 英豪 清高 清新 清臞 清閑 清奇 魁奇

清廉　孤高　嬌羞　踈狂　豐腴　雍容　寬容　優柔
軒昂　從容　輕狂　侏儒　驕矜　妖嬈　温柔

〔上平〕燕閑　肅雍　老成

〔仄〕雅淡　秀麗　俊偉　淡泊　濟楚　放曠　曠達　俊麗
俊秀　俊敏　裊娜　洒落　冷淡　磊落　矍鑠　落魄
俊逸　俊雅　豁達　倜儻　潦倒　蹭蹬

〔上平〕瀟洒　清洒　温粹　和易　驕慢　豪放　魁偉　聰慧
聰俊　端正　華麗　豪傑　豪放　儒雅　清淡　清秀
温潤　姝麗　嬌媚　清淑

○賢哉卓爾三十五　〔並虚〕死

〔平〕賢哉　昂然　倏然　温然　温其

〔上仄〕粹然　儼然　坦然　絶然　眊然　偉哉　愀然　野哉

瞭焉

〔仄〕卓爾　莞爾　粹若　儼若　偉矣

〔上平〕顒若　端若　賢矣　忠矣　清矣

〔疊字〕○堂堂楚楚三十六　〔並虚〕死

〔平〕堂堂　昂昂　誾誾和悦　怡怡兄弟　偲偲朋友　陶陶
雍雍　醺醺醉　桓桓武皃　愉愉　融融樂　孜孜　蚩蚩　惺惺
盈盈笑　悠悠思

〔仄〕楚楚　挺挺人物　耿耿　棣棣威儀　磊磊　整整

○星翁日者詳見天文門天孫月姊類

肅肅儒風　濟濟衆盛皃　蹇蹇　行行勇皃　藹藹
侃侃剛直

〔三字〕○聖明君忠直士三十七

○聖明君忠直士三十七

[illegible]

洸洸 同直

肅肅 儀風 濟濟 衆盛貌 蹇蹇 行行 貞貌 諤諤

楚楚 衣冠 任任 入聲 耿耿 棣棣 威儀 磊磊 謇謇

盈盈 美貌 悠悠 思

雍雍 雍雍 醺醺 醉貌 桓桓 威貌 愉愉 愉愉 歡歡 嘆嘆 [illegible]

堂堂 昂昂 閭閭 閭閭 和悅 怡怡 怡怡 兄弟 偲偲 朋友 閔閔

○堂堂乎張三十六

顓者 端者 貴矣 忠矣 清矣

卓爾 莞爾 粹者 儼者 偉矣

[illegible]

粹然 儼然 坦然 綽然 睟然 偉哉 徽哉 巍哉

貴矣 昂然 恂然 溫然 溫其

○貴哉卓爾三十五

溫潤 姝麗 嬌媚 清敏

瑕俊 端莊 華麗 豪傑 真放 儒雅 清秀

瀟洒 清洒 溫粹 和易 驕傲 豪放 飄逸 [illegible]

俊逸 俊雅 豁達 倜儻 瀟灑 [illegible]

俊秀 俊敏 豪邁 洒落 磊落 豐[illegible] 落[illegible]

雅淡 秀麗 俊偉 淡泊 放曠 曠達 俊[illegible]

燕閑 蕭雍 老成

軒昂 從容 輕狂 休儒 驕矜 妖嬈 溫柔

清廉 端恪 嬌羞 謹在 豐腴 雍容 寬容 優柔

【平】聖明君 賢聖君 忠直臣 文武臣 將相臣
將相材 文武材 帝王師 諫諍臣 諫諍官
【仄】忠直士 忠正士 文墨士 文章士 謀謨士 文武士
豪傑士 賢聖主 神聖主 明聖主 神明祚 神明胄
仁義將 英雄士

○賢使君聖天子三十八

【平】賢使君 賤丈夫 老中書 飛將軍
【仄】聖天子 賢宰相 奇男子 賢學士 明天子

○大丈夫奇男子三十九

【平】大丈夫 美丈夫 美少年 美婦人 真將軍 大將軍
大聖人 大賢人 醜婦人 真諫官（唐李景伯爲箴規諷帝中書令蕭至忠曰真諫官也）
好男兒 烈丈夫

【仄】奇男子 真君子 真宰相 名宰相 真刺史 佳吏部
佳公子 貴公子 名家子 新令尹 舊令尹 賢令尹
賢太守 大學士 古君子 好男子 古烈女 真長者
古循吏 真男子

○社稷臣縉紳士四十

【平】社稷臣 疆場臣 柱石臣 廊廟材 棟梁材 台鼎材
【仄】縉紳士 帷幄士 樽俎士 衣冠士 刀筆吏 箕裘子
樞牖子 廊廟器 社稷器 山林志 山澤志 宗廟器

○山林人湖海客四十一

【平】山林人 畎畝人 煙波徒 泉石人
【仄】湖海客 風月友 山林客 煙波叟 煙霞侶

商山翁嚴瀨客四十二

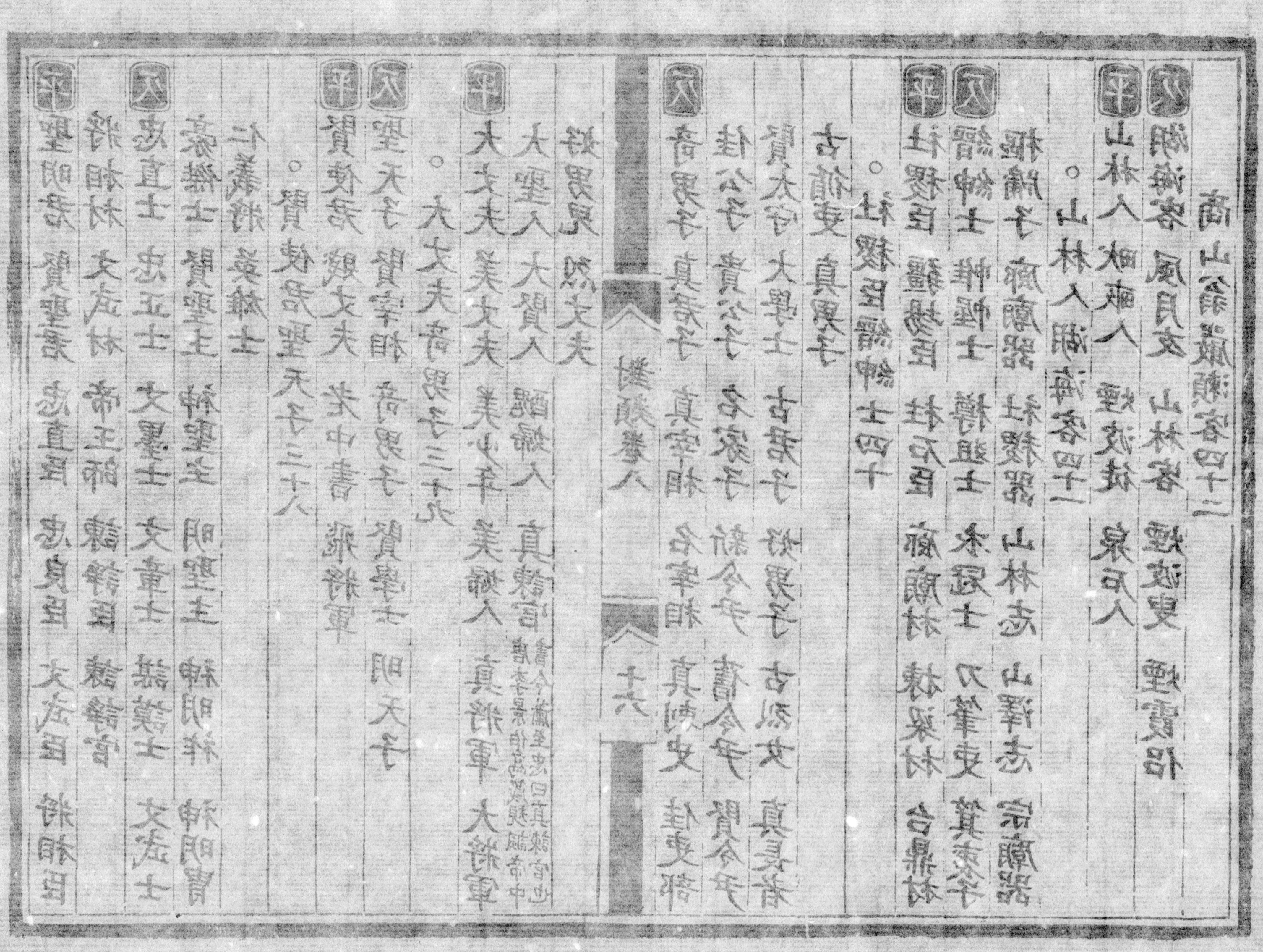

平 聖明君 賢聖君 忠直臣 忠良臣 文武臣 將相臣
將相材 文武材 帝王師 諫諍臣 諫諍官
仄 忠直士 忠正士 文學士 文章士 謀謨士 文武士
豪傑士 賢聖主 神聖主 明聖主 神明祥 神明冑
仁義將 英雄士
○賢使君 聖天子三十八
平 賢使君 賤丈夫 老中書 飛將軍
仄 聖天子 賢宰相 奇男子 賢學士 明天子
○大丈夫 奇男子三十九
平 大丈夫 美丈夫 美少年 美婦人 真將軍 大將軍
大聖人 大賢人 醜婦人 真諫官唐李景伯為諫議大夫中書令蕭至忠曰真諫官也
好男兒 烈丈夫

仄 奇男子 真君子 真宰相 名宰相 真刺史 佳吏部
佳公子 貴公子 名家子 新令尹 舊令尹 賢令尹
賢太守 大學士 古君子 好男子 古烈女 真長者
古循吏 真男子
○社稷臣 縉紳士四十
平 社稷臣 疆場臣 柱石臣 廊廟材 棟梁材 台鼎材
仄 縉紳士 帷幄士 樽俎士 衣冠士 刀筆吏 箕裘子
樞輔子 廊廟器 社稷器 山林志 山澤志 宗廟器
○山林人 湖海客四十一
平 山林人 畎畝人 煙波徒 泉石人
仄 湖海客 風月友 山林客 煙波叟 煙霞侶
高山翁 嚴瀨客四十二

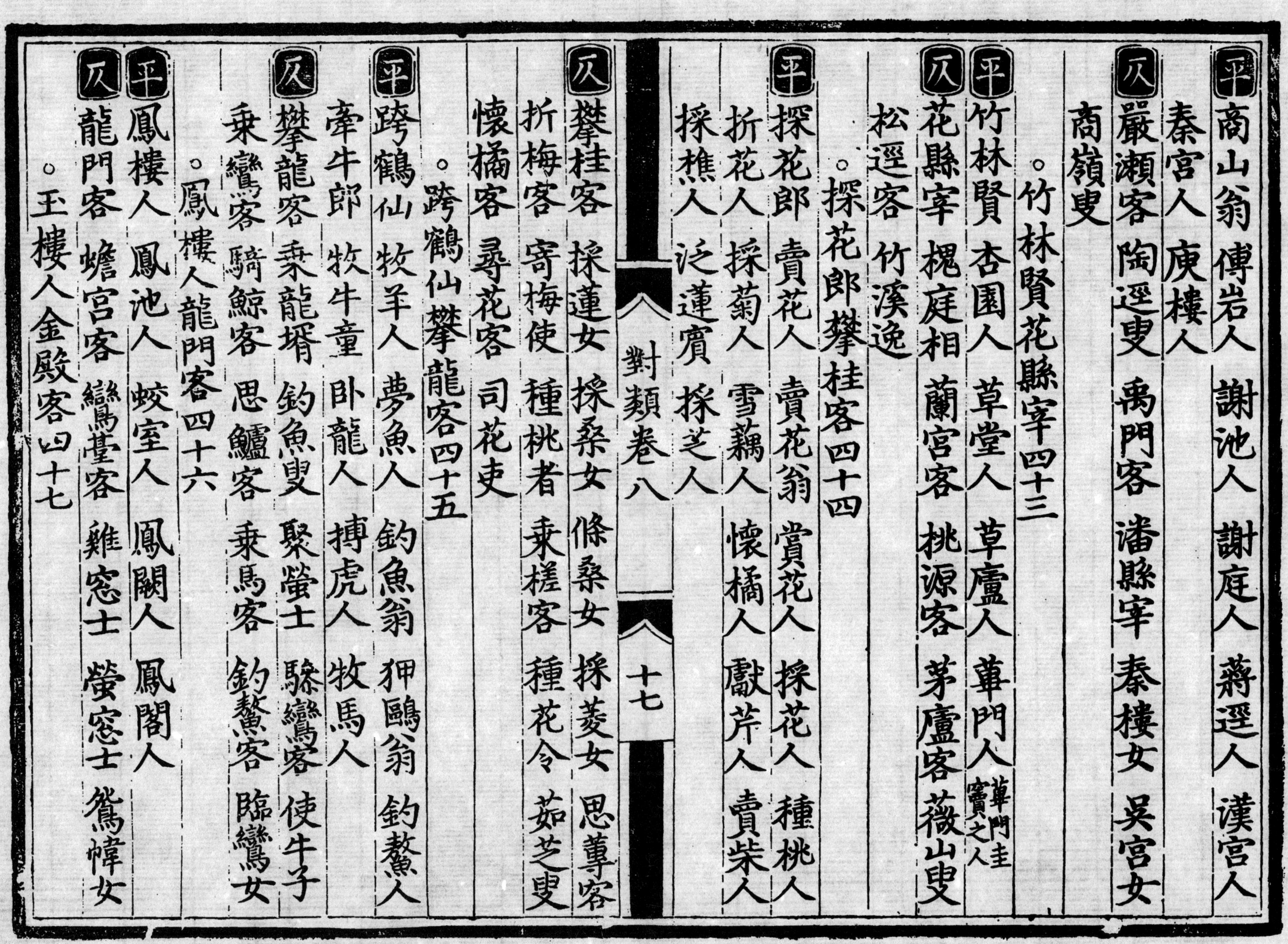

平 商山翁 傅岩人 謝池人 謝庭人 蔣逕人 漢宮人
秦宮人 庾樓人
仄 嚴瀨客 陶逕叟 禹門客 潘縣宰 秦樓女 吴宮女
商嶺叟

◦竹林賢花縣宰四十三

平 竹林賢 杏園人 草堂人 草廬人 華門人（華門主賓之人）
仄 花縣宰 槐庭相 蘭宮客 桃源客 茅廬客 薇山叟
松逕客 竹溪逸

◦採花郎攀桂客四十四

平 採花郎 賣花人 賣花翁 賞花人 採花人 種桃人
折花人 採菊人 雪藕人 懷橘人 獻芹人 賣柴人
採樵人 泛蓮賓 採芝人

仄 攀桂客 採蓮女 採桑女 條桑女 採菱女 思蓴客
折梅客 寄梅使 種桃者 乘槎客 種花令 茹芝叟
懷橘客 尋花客 司花吏

◦跨鶴仙攀龍客四十五

平 跨鶴仙 牧羊人 夢魚人 釣魚翁 狎鷗翁 釣鰲人
牽牛郎 牧牛童 卧龍人 搏虎人 牧馬人
仄 攀龍客 乘龍壻 釣魚叟 聚螢士 驂鸞客 使牛子
乘鸞客 騎鯨客 思鱸客 乘馬客 釣鰲客 臨鸞女

◦鳳樓人龍門客四十六

平 鳳樓人 鳳池人 蛟室人 鳳闕人 鳳閣人
仄 龍門客 蟾宮客 鸞臺客 雞窗士 螢窗士 鴛幃女

◦玉樓人金殿客四十七

○王樓人　金殿客四十七

仄　龍門客　蕊宮客　紫宸士　[illegible]室士　濟南女

平　鳳樓人　鳳池人　蛟室人　鳳闕人　鳳閣人

○鳳樓人　龍門客四十六

乘鸞客　騎鯨客　[illegible]鱸客　乘馬客　釣鰲客　跨鸞女

仄　攀龍客　乘龍婿　釣魚叟　叱犢士　騎驢客　使牛子

牽牛郎　牧牛童　卧龍人　搏虎人　牧馬人

平　跨鶴仙　牧羊人　夢魚人　釣魚翁　狎鷗翁　釣鰲人

○跨鶴仙　攀龍客四十五

懷橘客　尋花客　司花女

折梅客　寄梅使　種桃者　乘槎客　種花令　採芝叟

仄　攀桂客　採蓮女　採桑女　佩蘭女　採菱女　思蓴客

採樵人　汶蓮賓　採芝人

折花人　採藥人　賣藥人　懷橘人　獻芹人　賣茶人

平　採花郎　賣花人　賣花翁　賞花人　採花人　種桃人

○採花郎　攀桂客四十四

松逕客　竹溪逸

仄　花縣宰　槐庭相　蘭宮客　桃源客　茅廬客　藏山史

平　竹林賢　杏園人　草堂人　草廬人　華門人　[illegible]

○竹林賢　花縣宰四十三

商嶺叟

仄　嚴瀨客　陶逕叟　禹門客　潘縣宰　秦樓女　吳宮女

秦宮人　庾樓人

平　商山翁　傳岩人　謝池人　謝庭人　蔣逕人　漢宮人

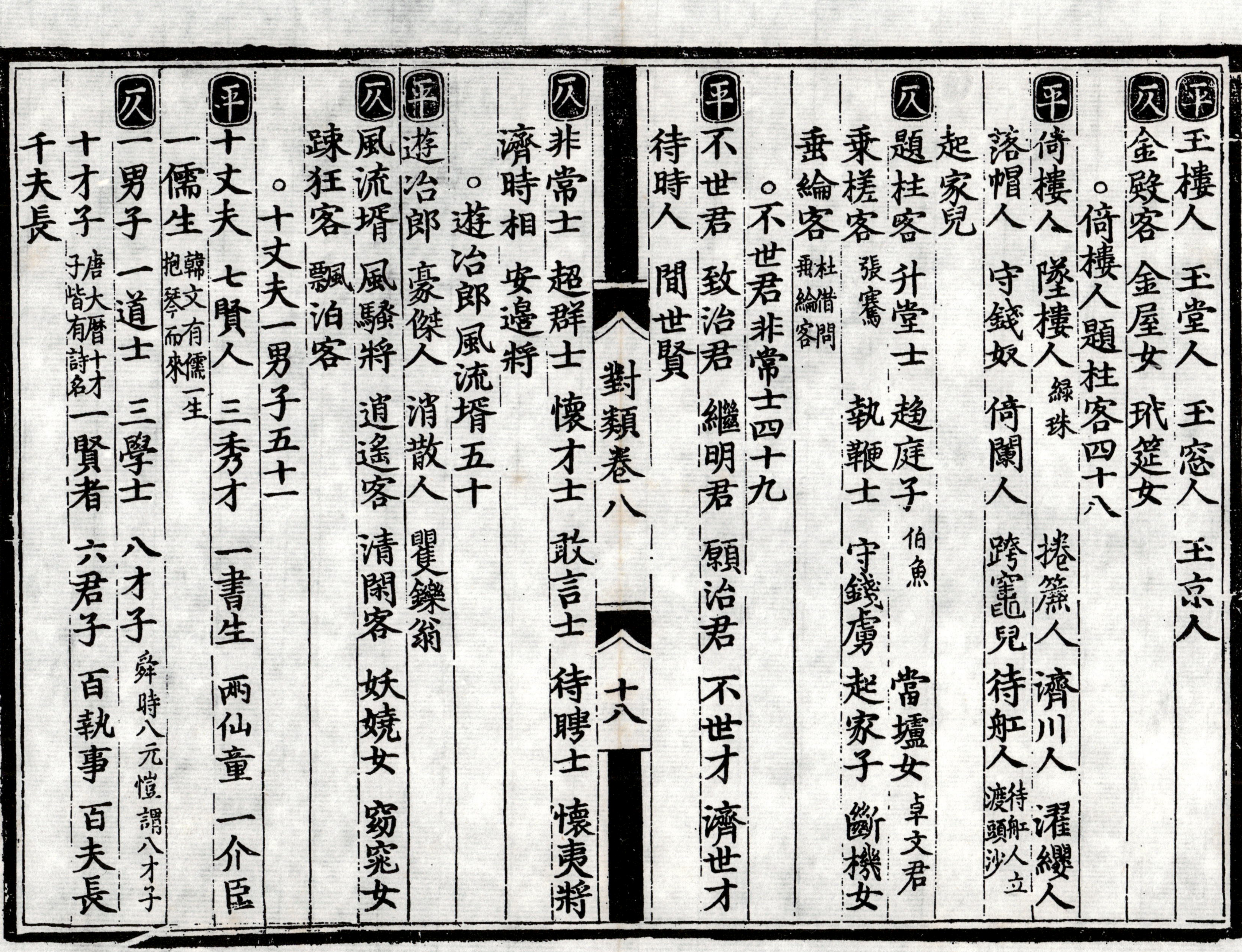

平 玉樓人　玉堂人　玉窓人　玉京人
仄 金殿客　金屋女　玳筵女

○倚樓人題柱客四十八

平 倚樓人　墜樓人綠珠　捲簾人　濟川人　濯纓人
落帽人　守錢奴　倚闌人　跨竈兒　待舡人待舡人立渡頭沙
仄 題柱客　升堂士　趨庭子伯魚　當壚女卓文君
乗槎客張騫　執鞭士　守錢虜　起家子　斷機女
起家兒
垂綸客杜借問垂綸客

○不世君非常士四十九

平 不世君　致治君　繼明君　願治君　不世才　濟世才
待時人　間世賢

仄 非常士　超群士　懷才士　敢言士　待聘士　懷夷將
濟時相　安邊將

○遊冶郎風流壻五十

平 遊冶郎　豪傑人　消散人　矍鑠翁
仄 風流壻　風騷將　逍遙客　清閑客　妖嬈女　窈窕女
踈狂客　飄泊客

○十丈夫一男子五十一

平 十丈夫　七賢人　三秀才　一書生　兩仙童　一介臣
一儒生韓文有儒一生抱琴而來
仄 一男子　一道士　三學士　八才子舜時八元愷謂八才子
十才子唐大曆十才子皆有詩名　一賢者　六君子　百執事　百夫長
千夫長

千夫長
十才子（唐大曆十才子皆有詩名） 一貫者 六君子 百執事 百夫長
（天）一男子 一道士 三學士 八才子（[illegible]八才子）
一儒生（[illegible]）
（手）十丈夫 七貴人 三秀才 一書生 兩仙童 一介臣
。十丈夫 一男子 五十二
疎狂客 飄泊客
（天）風流婿 風騷婿 逍遙客 清閑客 妖嬈女 窈窕女
（手）遊冶郎 豪傑人 瀟散人 [illegible]
。遊冶郎 風流婿 五十
濟時相 安邊將
（天）非常士 超群士 懷才士 抗言士 持[illegible]士 [illegible]

待時人 間世賢
（手）不世君 致治君 繼明君 願治君 不世才 濟世才
。不世君 非常士 四十九
垂綸客（[illegible]）
乘槎客（張騫） 執鞭士 守錢虜 走家子 斷機女
（天）題柱客 升堂士 趨庭子（伯魚） 當壚女（卓文君）
走家兒
落帽人 守錢奴 倚闌人 踏雪兒 待[illegible]人（[illegible]）
（手）倚樓人 墜樓人（綠珠） 擁絮人 濟川人 [illegible]人
。倚樓人 題柱客 四十八
（天）金殿客 金屋女 浣紗女
（手）玉樓人 玉堂人 玉窗人 玉京人

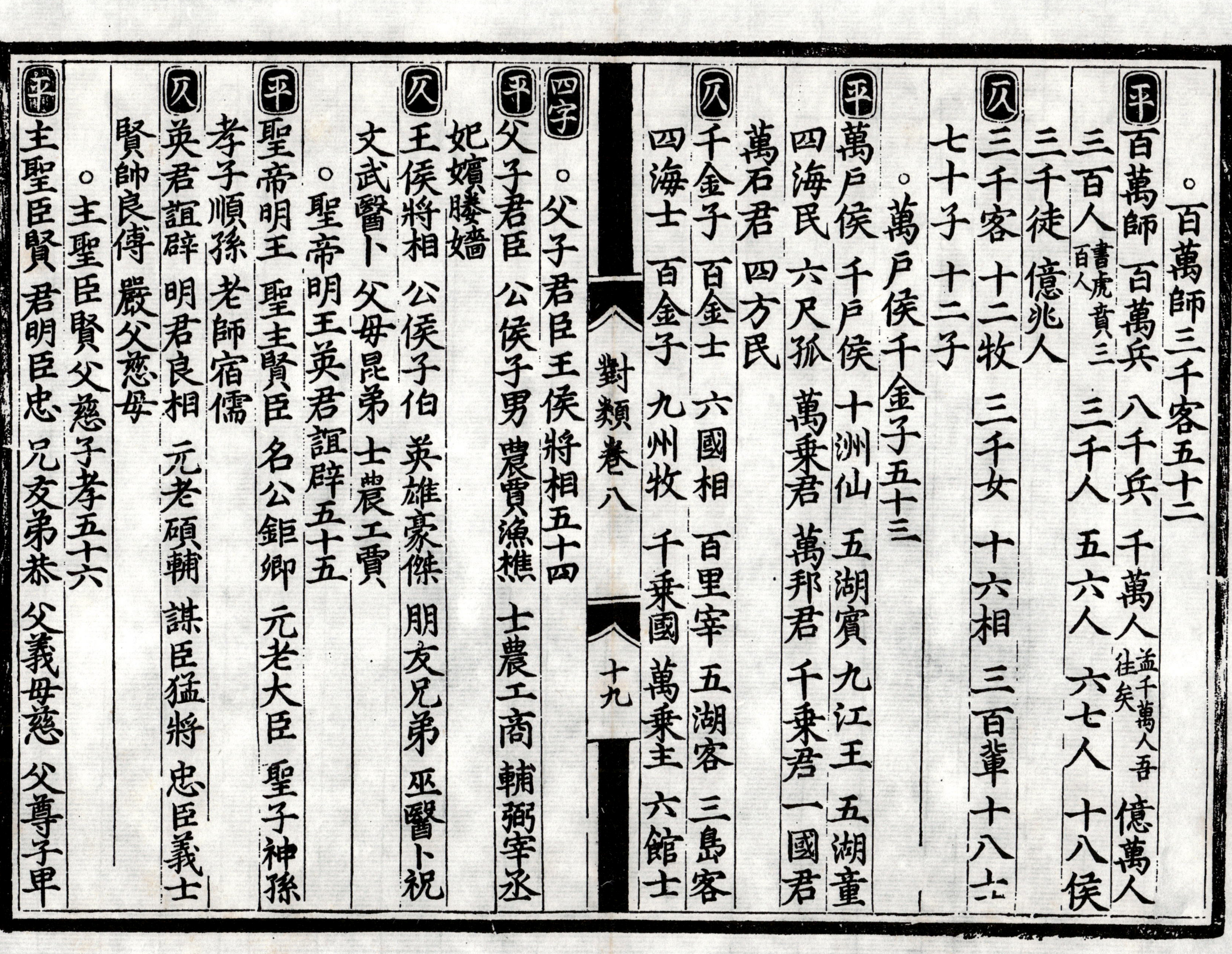

○百萬師三千客五十二

【平】百萬師 百萬兵 八千兵 千萬人（孟 千萬人吾往矣） 億萬人

三百人（書 虎賁三百人） 三千人 五六人 六七人 十八侯

三千徒 億兆人

【仄】三千客 十二牧 三千女 十六相 三百輩 十八士

七十子 十二子

○萬戶侯千金子五十三

【平】萬戶侯 千戶侯 十洲仙 五湖賓 九江王 五湖童

四海民 六尺孤 萬乘君 萬邦君 千乘君 一國君

萬石君 四方民

【仄】千金子 百金士 六國相 百里宰 五湖客 三島客

四海士 百金子 九州牧 千乘國 萬乘主 六館士

【四字】

○父子君臣王侯將相五十四

【平】父子君臣 公侯子男 農賈漁樵 士農工商 輔弼宰丞

妃嬪媵嬙

【仄】王侯將相 公侯子伯 英雄豪傑 朋友兄弟 巫醫卜祝

文武醫卜 父母昆弟 士農工賈

○聖帝明王英君誼辟五十五

【平】聖帝明王 聖主賢臣 名公鉅卿 元老大臣 聖子神孫

孝子順孫 老師宿儒

【仄】英君誼辟 明君良相 元老碩輔 謀臣猛將 忠臣義士

賢師良傅 嚴父慈母

○主聖臣賢父慈子孝五十六

【平】主聖臣賢 君明臣忠 兄友弟恭 父義母慈 父尊子卑

文武陛下 父母兄弟 士農工賈

父子君臣 公侯子男 貴賤尊卑 士農工商 輔弼宰臣

三千徒 十億兆人

夫義婦貞　將勇士強

仄　父慈子孝　夫和婦順　君貴臣賤　主明臣直　帥武神力

○上行下隨君倡臣和五十七

平　上行下隨　夫唱婦隨　老安少懷　吏稱民安　國泰民安

仄　君倡臣和　聖作明述　夫耕婦饁　父生師教　父生母鞠

○詩社酒徒園公溪友五十八

平　詩社酒徒　牧叟樵童　海客湖商　羌婦胡兒　漁釣牛蓑

仄　園公溪友　歌兒舞女　婦人女子　耕夫饁婦　耕農織婦

舟人漁子　謀臣策士

○難弟難兄愚夫愚婦五十九

平　難弟難兄　少女少郎　爾公爾侯　孰賢孰愚　乃子乃孫

仄　愚夫愚婦　匹夫匹婦　是父是子　宜兄宜弟

○老成典刑風流醖藉六十

平　老成典刑　孝友睦婣　寬裕溫柔　趑趄囁嚅　流連荒亡

仄　風流醖藉　廉勤公謹　清奇古怪　艱難險阻　慈祥豈弟

驕淫矜誇

清新俊逸

○堯帝如天文王若日六十一

平　堯帝如天　女媧補天　魯侯書雲　相如凌雲　傅說作霖

列子御風　王祥卧冰

仄　文王若日　敬德捧日　敬德捧月　魯侯喜雨　魯侯閔雨

孫康映雪　仁傑洗日

○吾翁若翁鄰子己子六十二

平　吾翁若翁　伯兄父兄　前王後王　大賢小賢　立人達人

〔平〕吾翁吾爺 伯兄父兄 前王後王 大賢小賢 生人幾人

○吾翁吾爺靜子乙子六十二

〔仄〕詠康詠畫 仁讓德曰 敘德椿月 鳥聲象言 鳥聲鳥問雨

文王誥曰 王祥卧冰

列子御風 女媧補天 曾侯書雲 相如題柱

〔平〕堯帝知天 文王誥曰六十一

○堯帝知天 文王誥曰六十一

〔仄〕清新俊逸 風流醞藉 康節公謹 清奇古怪 亂雜倫理 慈祥豈弟

驕奢淫佚

〔平〕老成典刑 春容大雅 寬裕溫柔 敦厚周密 流連荒亡

○老成典刑 風流醞藉六十

〔仄〕遠夫遠婦 匹夫匹婦 是父是子 宜兄宜弟

〔平〕難弟難兄 少女少郎 通公適侯 敦賓厚客 阿兄阿弟

○難弟難兄 遠夫遠婦五十九

舟人漁子 謀臣策士

〔仄〕國公賢友 歌兒舞女 婦人女子 耕夫織婦

〔平〕詩社酒徒 漁婆牧童 海客商賓 美婦嬌兒 漁翁牛女

○詩社酒徒 國公賢友五十八

〔仄〕君倡臣和 聖作明述 夫耕婦饁 父生師教 父生母鞠

〔平〕上行下隨 夫唱婦隨 老安少懷 兵強民安 國泰民安

○上行下隨 君倡臣和五十七

〔仄〕父慈子孝 夫和婦順 君賓臣賤 主明臣直 師武臣力

夫義婦貞 將勇士強

太師少師 遠人邇人

〔仄〕鄰子已子 吾老人老 吾幼人幼 伯氏仲氏 前聖後聖
廷尉太尉 博士學士 太傅少傅 先覺後覺 先進後進
博我約我 上士中士 大桀小桀

○二祖四宗三皇五帝六十三

〔平〕二祖四宗 三公九卿 三軍六師 二帝三王 五帝三王
三國六朝 列辟百僚 三公六卿 二國三公 諸子百家
九流百家 九妃六嬪 百官萬民

〔仄〕三皇五帝 百揆四岳 九官四岳 三公四輔 百僚庶尹
群公百辟 五侯九霸 百工庶官 萬民百姓 千乘萬騎
五男二女 群黎百姓 千兵萬卒

○九五大人二三執政六十四

〔平〕九五大人 八百諸侯 十二諸侯 四七功臣 一二大臣
七十老翁 三十世家

〔仄〕二三執政 二三君子 一二豪傑 十八學士 五六冠者
六七童子 三千弟子

○天子明明王臣蹇蹇六十五

〔平〕天子明明 君子謙謙 百僚師師 髦士峩峩 諸侯皇皇

〔仄〕王臣蹇蹇 大人諤諤 天子穆穆 多士濟濟 吉士藹藹

○君君臣臣父父子子六十六

〔平〕君君臣臣 子子孫孫 聖聖賢賢

〔仄〕父父子子 兄兄弟弟 夫夫婦婦

對類卷之八

。吾君吾臣吾父吾子六十六

博我約我上士中士大樂小樂

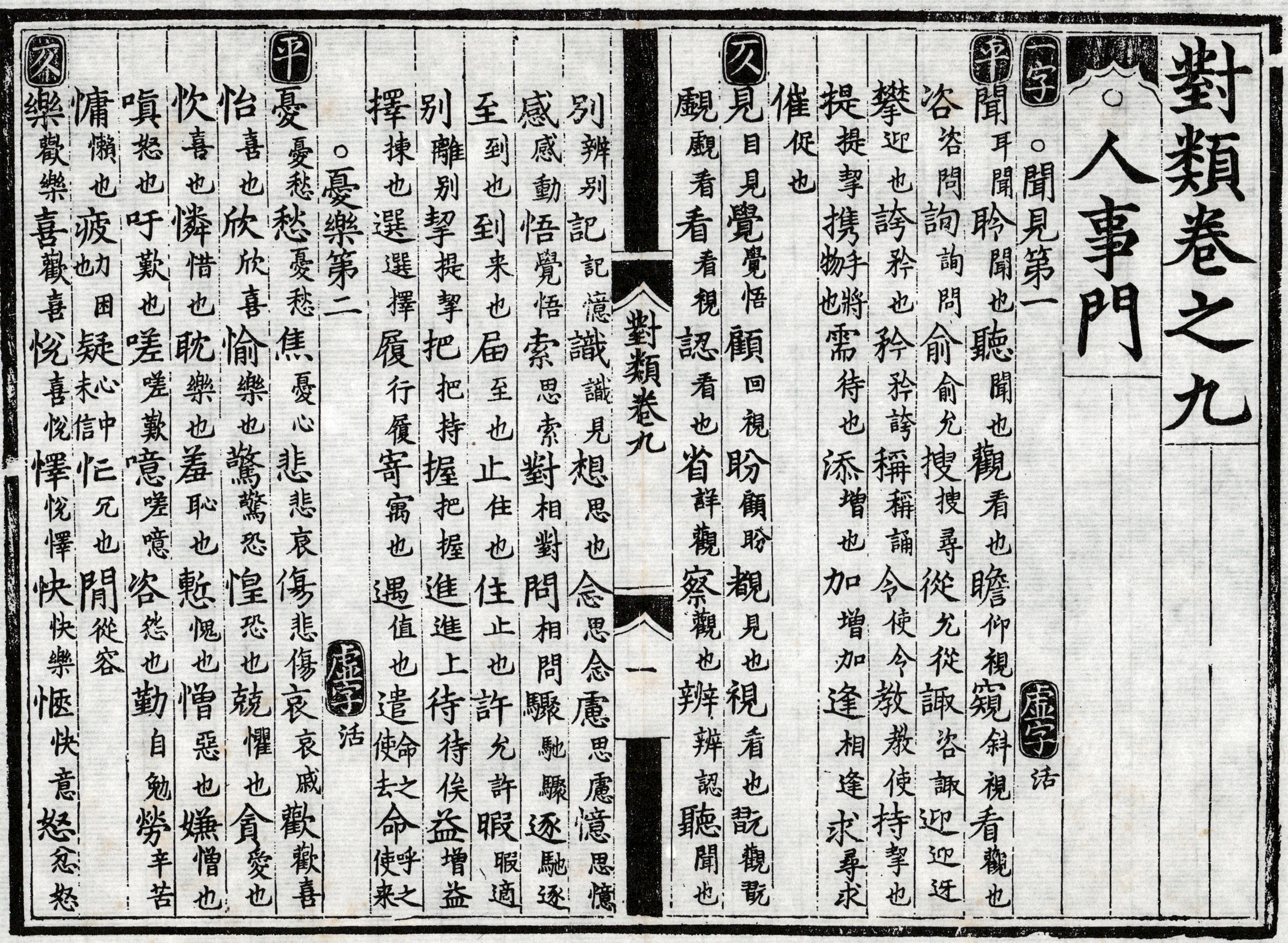

對類卷之九

○人事門

一字 ○聞見第一 虛字 活

平 聞耳聞 聆聞也 聽聞也 觀看也 瞻仰視 窺斜視 看觀也

咨咨問 詢詢問 俞俞允 搜搜尋 從允從 諏咨諏 迎迎迓

攀迎也 誇矜也 矜矜誇 稱稱誦 令使令 教教使 持挈也

提提挈 携手將物也 需待也 添增也 加增加 逢相逢 求尋求

催促也

仄 見目見 覺覺悟 顧回視 盼顧盼 覩見也 視看也 覷觀覷

覰覰看 看看視 認看也 省詳觀 察觀也 辨辨認 聽聞也

別辨別 記記憶 識識見 想思也 念思念 慮思慮 憶思憶

感感動 悟覺悟 索思索 對相對 問相問 驟馳驟 逐馳逐

至到也 到来也 屆至也 止住也 住止也 許允許 暇暇適

別離別 挈提挈 把把持 握把握 進進上 待待俟 益增益

擇揀也 選選擇 履行履 寄寓也 遇值也 遣命之使去 命呼之使來

○憂樂第二 虛字 活

平 憂憂愁 愁憂愁 焦憂心 悲悲哀 傷悲傷 哀哀戚 歡歡喜

怡喜也 欣欣喜 愉樂也 驚驚恐 惶恐也 兢懼也 貪愛也

忺喜也 憐惜也 耽樂也 羞恥心也 慚愧也 憎惡也 嫌憎也

嗔怒也 吁歎也 嗟嗟歎 噫嗟噫 咨愁也 勤自勉 勞辛苦

慵懶也 疲力困也 疑心中未信 忙冗也 閒從容

仄 樂歡樂 喜歡喜 悅喜悅 懌悅懌 快快樂 愜快意 怒忿怒

對類卷之九

〇人事門

〇聞見第一

聞 耳聞 聞也 聽 聞也 聽者也 聰 聞也

谷 谷問 問 詢 命 命 使 使 從 任

探 事 聽 諮 也 論 使 使 事 也

探 也 語 也 添 也 加 逢 相逢 求 求

見 準 也

見 目見 覺 覺 睹 顧 回視 盼 觀 見也 視 也 瞻 覽

顧 看 睹 看也 省 察 也 辨 聽 也

別 辨 別 記 識 見 想 思 也 念 念 慮 思 慮

感 感 動 悟 覺 悟 索 思 索 對 相對 問 相問 驗 驗

至 到 也 到 來 也 屆 至 也 止 住 也 住 止也 許 許

別 離 別 擧 擧 也 把 持 持 也 據 也 進 進 上也 待 待 益

擇 揀 也 選 選 擇 擇 擇 擇 選 揀 也 遵 循 也 遵 逢 也 命 命

〇憂樂第二

憂 憂 愁 愁 憂 愁 悲 悲 哀 哀 懷 戚

欣 喜 也 欣 欣 喜 愉 樂 也 樂 愷 悅 也 憐 也 貪 貪

慎 喜 也 悅 喜 歡 也 善 憂 也 憂 也 痛 也

痛 痛 也 歡 樂 也 差 憂 疑 苦 慕 也 勤 自 勉 苦

樂 歡 樂 喜 樂 喜 悅 悲 悲 苦 求 樂 苦 悲 樂 悲 喜 苦

愴悽愴 慘悲慘 畏怯也 怕畏也 怖怖畏 恐驚恐 懼恐懼
憚畏憚 震震動 駭驚恐 悚恐悚 怯畏怯 戰恐也 慄戰慄
愛好也 欲愛欲 慕思慕 願欲得 好愛也 樂愛也 嫉嫉妒
妒妒忌 厭厭惡 惡憎也 忌憎忌 恥羞恥 辱恥辱 愧慚也
赧慚色 怨恨也 恨怨恨 悶愁悶 慮憂慮 歎嗟歎 慨慨歎
息歎息 悔悔恨 悵悵恨 惱憂惱 笑哂笑 懶惰也 倦困倦
勉勸勉 惜悔惜 認辨認 記記認 想思想 憶記憶 困疲也
感心有所欲而動謂之感 慟哭過於哀 戚悲戚

○遊宴第三 虛字 活

平

遊遊戲 嬉嬉遊 行行步 趨疾行 征出行 回歸也 歸回歸
來去來到來 旋回也 還歸還 迎迎接 臨來臨 延延待 留延留
言言語 談談論 歌歌唱 謳謳歌 謠歌謠 吟吟咏 哦吟哦

眠臥也 興起興 登升也 升上也 瞻望也 居居止 棲棲宿
耕力田 耘耘田 鋤去草 春春播 傳流傳 呼呼召 邀邀請
招招邀 斟斟酒 躋登躋 酣醉也 嘲譏人也 追逐也 辭告別
離相別 陪追陪

仄

宴飲酒 飲宴也 賞遊賞 醉酒酣 舞歌舞 嘯嘯咏 唱歌唱
詠吟詠 誦誦詩 讀讀書 住居住 止住止 憩憩息 息歇息
坐安身 踞傲也 臥睡臥 睡眠也 宿止也 夢夢想 寢睡也
眺眺望 寤睡覺 寐夢寐 立駐足也 作動作 竚久立也 起興起
走奔走 去出去 往出往 出出行 會宴會 集聚集 笑歡笑
哂微笑 哭哀哭 泣涕泣 望遠望 偃偃臥 聚聚會 覿見也
款款留 醒夢醒 送送餞 餽以物遺人 贐以物餽人 贈以物惠人 迓迎迓
接迎接 召請召 謝拜謝 謁謁見

接迎接 召召請 謝拜謝 詔詔見 覲覲以人物 賄惠以人物 迎近迎

歌歌留 醒醒寤 送送餞 饋饋以人物 偃偃卧 衆衆會 見見也

哭哭泣 笑喜笑 泣泣涕 望遠望 會會集 集衆集 歎咨歎

去往去 往出往 出出行 行起行 作動作 守守也 興起興

眺眺望 寐寤寐 覺覺寐 夢夢也 宿宿止 憩休憩 息

坐安身 臥偃也 睡瞑目 住居住 止住止 憩憩息 息

詠吟詠 吟諷誦 讀讀書 住居住 止住止 休 息休息

宴宴飲酒宴也 賞遊賞 醉酒醉 舞歌舞 嘯嘯咏 唱歌唱

離相別 陪追陪 斟斟酒 酬獻酬 酢酬酢也 遇逢遇也 辭辭別

招招邀 耕力田 耘耘田 鋤去草 春春播 傳流傳 守守也 邀邀請

眠眠也 興起興 作興作 升升也 上上也 居居止 棲棲宿

言言語 談談論 聽聽語 話語話 說說話 今今夕 歎今嘆

來到來 旋回旋 還歸還 迎迎接 臨來臨 延延待 留延留

遊遊遨 遨遊遨 嬉嬉遊 行行步 走走行 征出行 回歸回 歸回歸

○遊宴部三

慮心慮 謀謀之所定 衡衡量 思思慮 疑懷疑 憂憂慮 因因也

恐恐懼 懼恐懼 憂憂慮 笑大笑 歎嗟歎 憤憤也 懷懷抱

息歎息 悽悽愴 愴悽愴 感感動 慨感慨 愁愁悶 煩煩悶

悲悲傷 哀悲哀 歎嗟歎 思思念 慕慕思 愛愛也 好好樂

喜好也 欲欲得 嗔嗔怒 怒怒也 樂樂也 歡歡樂 懷懷抱

惧畏懼 惶惶恐 驚驚動 憂憂慮 懷懷抱 悵悵恨 恨怨恨

怕怕懼 懼畏懼 悲悲傷 哀悲哀 懽懽樂 喜歡喜 惜愛惜

二字 ○漁歌牧唱第四 與文史門山歌塞曲互用 上實 下虛活

平 漁歌 山歌 樵歌 農歌 村歌 牛歌 塗歌 工歌
商歌 民謠 童謠 衢謠 山行 郊行 溪行 江行
溪居 山居 郊居 巖居 山棲 巖棲 山遊 郊遊
江遊 農耕 村舂

上仄 野歌 牧歌 棹歌 妓歌 野吟 野行 野遊 塞吟

仄 牧唱 野唱 妓唱 巷語 妓舞 社舞 俚曲 野望
水宿 驛宿 野隱 市隱 野處 道聽

上平 樵唱 漁唱 農唱 村飲 童餉 輿頌 輿議 塗說
溪釣 溪隱 禪話 禪定 農望

○巫醫技藝第五 並實

平 巫醫 師醫 師工

上仄 藝能 技能

仄 技藝 技巧 卜筮 卜祝 繪畫 博弈 射御 畫繢
祝史 瞽史

上平 醫卜 占卜 書數 書畫 工巧 才技 才藝 媒妁
巫蠱 巫史

○人行客至第六 上實 下虛活

平 人行 人歸 人來 人眠 人回 人遊 農耕 農耘
農收 朋來 兒啼 兒號 妻啼 進學解冬暖而兒號寒年登而妻啼飢
朋交 賓來 公來 兵行 兵興 兵屯 軍行 夫耕
僧歸

上仄 客歸 客遊 客回 客辭 客眠 女遊 帝臨 使來
使回 子來 叟吟 叟耕 客來 客行

使回　十來　吏令　吏耕　客來　客行　帝臨　使來

客歸　客遊　客回　客辭　客眠　女遊

僧歸

明交　賓來　公來　兵行　兵興　兵屯　軍行　夫耕

農收　明來　兒啼　兒號　妻啼（韓進學解年豐而妻啼飢冬暖而兒號寒）

入行　入歸　入來　入眠　入回　入遊　農耕　農耘

○入行客至第六

巫蠱　巫史

醫卜　占卜　書數　書畫　工巧　木技　木藝　媒妁

祝史　贊史

技藝　技巧　卜筮　卜祝　繪畫　博弈　射御　畫繢

藝能　技能

巫醫　師醫　師工

○巫醫技藝第五

漁釣　漁隱　禪話　禪定　農望

樵唱　漁唱　農唱　村歌　童謠　輿頌　輿議　僉說

水宿　驛宿　野隱　市隱　野處　道廳

牧唱　野唱　妓唱　巷語　妓舞　社舞　俚曲　野望

野歌　牧歌　樵歌　妓歌　野令　野行　野遊　塞令

江遊　農耕　村春

溪居　山居　郊居　巖居　山樓　山遊　郊遊

商歌　民謠　童謠　衢謠　山行　郊行　溪行　江行

漁歌　山歌　樵歌　農歌　村歌　牛歌　塗歌　工歌

○漁牧唱第四　與文史門山歌塞曲互用

（仄）客至杜客至罷琴書　客去　客飲　客笑　客散　旅寓　父訓
將出　女舞　女綉　女織　婦織　婦饁婦送飯與耕者謂之婦饁
（上平）人至　人醉　人去　人散　賓至　賓退　賓散　兒戲
童餉　師出　師入　兵出　農刈

○閨情旅況第七　（上實）（下半虛）

（平）閨情　關懷　關心　閨愁　閨心　閨詞　宮愁　宮情
羇情　羇懷　交情　羇愁　羇腸　禪心　禪機　鄉心
鄉情　人情　民情　閑情
（上去）旅情　世情　道心　旅懷　旅愁　客愁　客懷　客心
客情　宦情
（仄）旅況　旅信　旅思　旅恨　旅夢　旅寓　旅次　客夢
客況　客信　客意杜客意已驚秋　客興　客思　野思　野興

世態　俗眼　士志
（上平）宮怨　閨怨　閨夢　閨思　羇思　家信　鄉信　鄉夢
宮恨　人意　交態　邊信　僧夢

○婚姻喪祭第八　（並半實）

（平）婚姻　冠笄
（上去）冠婚
（仄）喪祭　嫁娶　聘娶　匹配
（上平）婚冠　媒妁　姻婭

○同行獨坐第九　（上虛）死（下虛）活

（平）同行　同遊　同登　同歡　同歌　同歸　同吟　同看
同升　偕行　爭遊　相思　相隨　相憐　相鄰　相聞
相知　相尋　相輝　相延　相傳　相依　鄰遊　相呼

仄 客至 客去 客來 客笑 客散 教萬 父訓

平 游出 女歸 女織 婦織 婦饁

平仄 人至 人醉 人去 人散 賓至 賓退 賓散 兒戲

童顏 師出 師入 出來 貴幼

○閨情旅況第七

平 閨情 閨怨 閨心 閨思 閨恨 閨詞 宮怨 宮情

鄉情 離情 離懷 文情 離愁 離腸 禪心 鄉心

鄉情 人情 民情 閒情

仄 旅情 世情 道心 旅懷 旅愁 客愁 客懷 客心

仄 客情 宦情

旅況 旅信 旅思 旅恨 旅夢 旅次 客夢

客況 客信 客意 客興 客恨 客思 鄉思

年庚 俗眼 士志

平 宦遊 閨夢 閨思 鄉思 家信 鄉信 鄉夢

宦遊 人意 文思 鄉信 歸夢

○婚姻宦遊第八

平 婚姻 延年

平仄 延婚

仄 要禮 嫁娶 聘娶 下配

平 婚姻 媒妁 婚姻

○同行儔類第九

平 同行 同遊 同發 同歡 同歌 同歸 同令 同聲

同升 偕行 並遊 相思 相隨 相攜 相聯 相聞

相知 相尋 相近 相傳 相依 相遊 相守

相邀 相從 相親 相求 相逢 相看 齊看 齊吟

〔上仄〕獨行 獨歌 獨吟 獨眠 獨醒杜衆人皆醉我獨醒 對眠 競遊

獨清 並行 共吟 共歌 共登杜共登青冥梯 鬬看 對吟

自吟韓詩自酌還自吟 並歌 自斟 獨斟

〔仄〕獨坐 獨步仲宣獨步 獨樂 獨酌 獨飲 獨立 獨卧

獨倚 獨處 獨宿 共坐 共飲 共翫 共賞 共舉

共覩 對酌 對飲 對坐 對話 對語 並語 並坐

並舞

〔上平〕同飲 同醉 同賞 同樂 同步 同往 同坐 相約

相會 相慶 相見 相應 相餞 相訪 相別 相得

相告 相與 相勉 齊唱 偕坐 胥會 胥命 胥見

胥失

〔上虛〕死〔下虛〕活

閑遊靜坐第十

〔平〕閑遊 閑行 閑聽 閑居 閑尋 閑觀 閑眠 閑歌

高歌 清歌 狂歌 閑聞 俄聞 遥聞 頻聞 時聞

閑思 遥思 閑看 遥看 閑吟 徐吟 清吟 長吟

高吟 遥吟 微吟 徐行 高談 旁觀韓文巧匠旁觀 深耕

勤耕 安居 幽居 深居 高居 幽棲 潛驚

〔上仄〕遠看杜遠看山有色 細看 仰看 遠觀 靜觀 細觀 近觀

默觀 遠遊 倦遊 浪遊 快遊 恣遊 徧遊 遠行

倦行 緩行 暗聞 厭聞 暗驚 靜吟 慣看 俯看

徧尋 倦尋 淺斟 厭聽 縱歌 索居 默思 力耕

浩歌李浩歌待明月

〔仄〕靜坐 兀坐 默坐 久坐 縱步 信步 緩步 穩步

靜坐　兀坐　默坐　久坐　緩步　信步　緩步　攜步

浩歌 明時月出樂律

偏吟　偏吟　淺斟　嚴獻　絃歌　索居　默思　力耕

偏行　緩行　晴開　瀨開　暗驚　靜吟　賞看　宿看

聚觀　遠遊　偏遊　夜遊　休遊　孤遊　福遊　遠行

遠看 杏杜花陵 香山　旅看　仰看　遠觀　靜觀　幽觀　近觀

動耕　安居　幽居　深居　高居　幽棲　瀟灑

高吟　遠吟　微吟　徐吟　高談　寄吟 韓文公西　清吟　長吟

閑思　遠思　閑看　遠看　閑吟　徐吟　清吟　長吟

高歌　清歌　狂歌　閑歌　閑敞　遠聞　微聞　時聞

閑遊　閑行　閑歸　閑居　閑步　閑觀　閑眠　閑歌

閑適靜坐第十

胥夫

相告　相與　相勉　齊唱　偕坐　胥會　胥命　胥真

相會　相慶　相見　相應　相餞　相訪　相別　相得

同飲　同醉　同賞　同樂　同步　同往　同坐　同貽

並舞　對酌　對飲　對坐　對話　對語　近語　近坐

共觀　獨酌　獨宿　共坐　共飲　共說　共賞　共舞

獨坐　獨步 仲宣樓作　獨樂　獨酌　獨飲　獨立　獨眠

自吟 韓詩自吟自酌　狂歌　自舞　獨舞

獨清　近行　共吟　共歌　共醉 醉林荻共鶴人吉　圖書　對吟

獨行　獨歌　獨吟　獨眠　獨醒　對林　獨遊

相隨　相從　相親　相求　相逢　相看　相將　相倚

靜想　暗想　近聽　默想　靜聽　細認　熟視　痛飲
暢飲　快飲　劇飲　強飲　瞥見　忽見　偏倚　偏飲
遠望　遠眺　徧賞　縱賞　快賞　小立　佇立　慢舞
細舞　困卧　困倚　謾過　仰看　細看　近看　細酌
小酌　小集　縱樂　暗恨　暗憶　默記　懶起　倦倚

上平　閑步　平步　徐步　閑望　遥望　閑聽　閑見　時見
遥見　多見　頻見　遥認　閑倚　閑説　遐想　空想
遥想　閑立　閑憶　高卧　清坐　清寐　難認　長嘯
濃睡　顒望　低唱　空坐　閑坐　端坐　危坐　輕摘
清嘯　低戴　斜插　高折　空念　深念　閑想　閑看
閑卧　遥憶　清酌　閑詠

○因尋謾賞第十一　上虛死　下虛活

平　因尋　因吟　因行　因思　因知　因逢　因遊　聊吟
因觀

上仄　偶思　偶觀　偶傳　偶闚　謾遊　試看　試觀　特尋
故尋　暗思　試思

仄　謾賞　偶坐　偶見　偶聽　偶詠　偶憶　謾寫　故許
試把　試問　謾記　謾憶

上平　聊坐　因對　因念

○高攀滿酌十二　與閑遊靜坐互用　上虛死　下虛活

平　高攀　高張　高燒　高擎　閑攜　閑摇　閑將　閑經
閑凭　閑招　閑臨　閑從　閑隨　閑鋪　閑拈　頻招
頻登　頻斟　長隨　輕吹　輕彈　輕牽　輕裁　輕挼
輕繰　輕敲　輕拖　輕勻　輕鋪　橫鋪　斜鋪　深縫

輕絲 輕鼓 輕花 輕勾 輕鋪 橫鋪 斜鋪 深鋪
頻發 頻斟 長隨 輕吹 輕彈 輕牽 輕散 輕接
閒行 閒拾 閒臨 閒從 閒隨 閒鋪 閒拈 頻拈
高攀 高張 高倚 高攀 閒攜 閒插 閒將 閒綴

○高攀滿酌十二 與閒遊靜坐互用

聊坐 因斟 因念
試把 試問 漫說 漫讀
漫賞 偶坐 偶見 偶聽 偶說 偶聽 漫寫 故許
故尋 暗思 試思
偶思 偶聽 偶傳 偶聞 漫遊 試看 試聽 將尋
因聽
因尋 因令 因行 因思 因知 因逢 因遊 聊吟

○因尋漫賞第十一

閒卧 遙憶 清酌 閒款 空念 深念 閒積 閒書
清漏 依戴 斜插 高折 閒坐 靜坐 危坐 長聽
濃燃 顛望 依唱 空坐 清坐 清醉 難語 長隨
遙想 閒立 閒憶 高卧 閒倚 閒說 還想 空想
遙見 多見 頻見 深認 閒看 閒說 還想 空有
閒步 平步 徐步 臨望 遠望 閒聽 臨見 時看
小酌 小集 深樂 猶聽 閒說 欣酌 倚看 猶酌
細舞 因聞 困遊 漫過 花看 細看 近看 細酌
遠望 遠眺 獨賞 細賞 快賞 小立 行立 慢舞
暢飲 快飲 劇飲 痛飲 醉見 忽見 痛飲 痛飲
靜想 暗想 近聽 默想 靜聽 細說 興趣 痛飲

輕拈

【去】淺斟　戲尋　戲將　偏遊　偏經　滿斟　戲拈　謾將

謾吹　穩騎　試嘗　巧裁　巧縫　密縫　細縫　密鋪

【入】滿酌　滿泛　滿載　滿把　滿貯　直把　試把　快上

快倚　急把　縱賞　偏賞　細撚　細折　賸折　賸插

旋插　旋折　旋採　半掩　偏閱　淺注　淺酌　細翦

細擘　密織　巧製　半蹙　密鎖　直翦　闊步　試上

謾倚

【上平】頻倒　高步　斜捲　閑折　高捲　高掛　高揭　輕撚

輕擘　頻把　勤讀　輕折

○豪吟醉舞十三

【平】豪吟　狂吟　愁吟　酣歌　悲歌　啼粧　【上虛】死【下虛】活

【去】醉歌　醉題　怨題　醉眠　醉書　醉行　醉遊　醉歸

醉吟　醉扶　笑看

【入】醉舞　醉賞　醉看　醉卧　醉倒　醉夢　醉起　醉想

強飲　喜飲　悵望

【上平】豪飲　歡飲　歡宴　愁飲　酣飲　酣宴　酣睡　酣寢

酣戰　驚見　羞把　羞見　羞對　羞向

○愁聞喜見十四

【平】愁聞　愁看　欣看　欣聞　慵觀　慵看　愁聽　愁歌　【並虛】活

愁思　歡聞

【上】喜聞　喜聆　樂聞　懶聞　怕聞　厭聞　怯聞　怯聽

倦聽　慣尋　慣遊　喜看　喜聽　懶聽　懶看　笑看

倦聞　喜談

㑥閑 喜歌
㑥聽 賞步 賞遊 喜者 喜聽 懶聽 懶者 笑者
喜閑 喜吟 樂閑 懶閑 怕閑 懶閑 㑥閑 㑥聽
花閑 懶閑 者 放者 放閑 徧聽 徧者 花聽 花歌
○花閑 喜見 十四
酣歡 驚見 善把 善見 善對 善向 話
豪歌 歡歌 歡宴 花歌 酣歌 酣宴 酣聽 酣宴
強醉 舞歌 喜歌 猴望 醉日 醉回 醉容 醉起 醉相
醉吟 醉賞 醉者 醉者 醉眼 醉書 醉行 醉遊 醉歸
醉歌 醉殊 笑者 醉頭 醉顯

斷續卷九 七

宴令 狂令 花令 酣歌 悲歌 啼遊 話
○宴令 醉舞 十三 話
須高 把步 動斜 續樓 輕閑 折折 高樓 高揮 高揭 輕樓
輕須 聲倒 須高 把步 動續 折折 高樓 高揮 高揭 輕樓
漫倚 聲倒 密縱 旋折 巧蝶 半變 密續 直高 閑步 試上
細旋 聲摘 旋把 旋賞 半摘 倒閑 後注 後折 細摘
快倚 滿酌 滿收 滿軟 滿把 細滿 直把 試把 快上
滿漫 吹斟 滿醉 試歌 巧教 巧蝶 密縱 細縱 密鋪
後斟 遊醉 遊將 遊滿 遊續 蝶斟 遊拈 漫將
輕拈

仄 喜見 喜對 懶對 喜聽 懶聽 厭聽 悶看 笑把
笑整 悶把 醉把 醉聽 醉認 笑認 笑問 懶問
樂聽 樂看 喜看 懶看 懶道 樂道 怕見 忍對
惜別 懶把 寄語 報道 忍聽
上平 愁倚 羞倚 愁見 欣見 欣對 慵整 愁聽 愁向
愁看 愁對 愁望 羞看 羞說 羞道 羞視 羞問
羞覩 羞聽 羞語

○行觀坐聽十五 活

平 行觀 行吟屈原行吟澤畔 行聞 行尋 行思 行遊 眠思
眠看 馳歸 扶歸 催歸 言歸 遊歸 回看 行看
行來 行歌杜行歌泗水春 遊觀 來遊 歸寧 歸來 來歌
歸休 歸耕

上仄 卧聽 坐聽 坐思 坐迎 坐邀 夢遊 坐吟 坐觀
坐驚 起聽 起看 起觀 俯觀 仰觀 佇觀 往觀
卧觀 隱居 卧思 卧看 仰思 待看 竚看 坐看
坐忘 詠歸 退居 坐聞 卧聞
仄 坐聽 坐想 坐對 坐覺 立見 往見 立視 立待
立俟 立侍 坐飲 卧對 起對 起聽 卧聽 坐翫
坐視 起望 起舞雞鳴起舞又坡詞起舞弄清影 拜送 坐睡 往送
往餞 睡起 坐看 卧看 夢見 夢想 料想 醉醒
夢醒 拜餞
上平 行對 行翫 行見 行遇 行賞 行看 行樂 遊賞
吟賞 遊覽 遊翫 扶起 歸視 歸省 扶下 回視
回顧 回望 尋賞

回顧 回望 尋賞
令賞 遊覽 遊說 扶起 歸視 歸消 扶下 回視
〔十五〕行對 行說 行見 行遇 行賞 行看 行樂 遊賞
夢醒 拜餞
往餞 睡起 坐看 臥看 夢見 夢想 料想 醉醒
坐視 起望 起舞（起舞舞說手起清舞點又舞前） 拜送 坐睡 往送
去後 立侍 坐飲 臥對 起對 起聽 臥聽 坐說
〔又〕坐聽 坐想 坐對 坐覺 立見 往見 立視 立侍
坐忘 詠歸 退居 坐開 臥開
臥觀 隱居 臥思 臥看 仰思 待看 好看 坐看
〔十六〕坐驚 起聽 起看 起觀 俯觀 仰觀 佇觀 往觀
臥聽 坐聽 坐思 坐迎 坐邀 夢遊 坐令 坐觀

歸休 歸耕
行來 行歌（本往春行歌四） 遊觀 來遊 歸寧 歸來 來歌
眼看 騎歸 扶歸 攜歸 言歸 遊歸 回春 行看
〔十七〕行觀 行令（羣曰居則令令） 行聞 行尋 行思 行遊 眼思
○行觀 坐聽十五 沽
善觀 善聽 善語
愁看 愁對 愁望 善看 善說 善道 善視 善問
〔十八〕愁倚 善倚 愁見 欣見 欣對 慵整 愁聽 愁向
惜別 懶把 寄語 報道 忍聽
樂聽 樂看 喜看 懶看 懶道 樂道 怕見 忍對
笑整 閒把 醉把 醉聽 醉說 笑說 笑問 懶問
〔又〕喜見 喜對 懶對 喜聽 懶聽 偃聽 閒看 笑把

○離愁別恨十六 與身體門芳心醉眼互用 並虛 活

平 離憂 離愁 離懷 愁懷 行期 歸期 歸歡 歸愁
歸思

去 別懷 別言 別愁 別情 去思 醉懷

仄 別恨 別苦 別態 別怨 別慘 別淚 別夢 別語
別話 別緒 別意 醉別 醉夢 醉怨

上平 離別 離苦 愁怨 行怨 歸緒

○憂愁喜樂十七 並虛 活

平 憂愁 悲愁 悲憂 悲傷 憂歡 憂傷 驚憂 傷悲
傷嗟 欣歡 歡欣 欣娛 歡娛

上去 喜歡 喜憂 樂憂

仄 喜樂 笑樂 喜怒 喜惡 喜懼 愛惡 惡欲 悵恨

上平 歡樂 愁歎 耽樂 哀樂 悲樂 憂樂 憂喜 哀懼
憂懼 憂怨 憂悶 憂慮 憂戚 哀痛

○聲音笑語十八 並半實

平 聲音 音聲 言辭 聲辭 言談 都俞 讙呼 號呼
號咷 號呶

上去 語言 話言 笑言 笑談

仄 笑語 語笑 色笑 唯諾

上平 言語 辭語 言笑 談笑 嚬笑 辭令 吁咈 嗟歎

○功名事業十九 並實

平 功名 勳名 才名 威名 聲名 名聲 風聲 名譽
聲華 機謀 聲猷 才華 才猷 功勳 勳庸 勳華
功勞 勳勞 功能 威聲

功勞　勳勞　功能　威聲

聲華　機謀　聲猷　才華　才猷　功勳　勳庸　勳華

【平】功名　勳名　才名　威名　聲名　名聲　風聲　名譽

○功名事業十九

【平】言語　辭語　言笑　談笑　嘯笑　辭令　吁咈　嗟歎

【仄】笑語　語笑　色笑　雅謔

【平仄】語言　話言　笑言　笑談

號咷　號呶

【平】聲音　音聲　言辭　聲辭　言談　歌吟　讙呼　號呼

○聲音笑語十八

【平】憂懼　憂愁　憂悶　憂慮　憂戚　哀痛

【平】歡樂　愁歎　既樂　哀樂　悲樂　憂樂　憂喜　哀懼

對類卷九

九

【仄】喜樂　笑樂　喜怒　喜懼　愛惡　惡欲　懼恨

【平仄】喜歡　喜憂　樂憂

傷嗟　欣歡　歡欣　欣娛　歡娛

【平】憂愁　悲愁　悲憂　悲傷　憂歡　憂傷　驚憂　傷悲

○憂愁喜樂十七

【平仄】離別　離苦　愁　行愁　歸緒

【仄】別話　別緒　別意　醉別　醉夢　醉淚

【仄】別恨　別苦　別意　別愁　別緒　別淚　別路　別語

【平仄】別懷　別言　別愁　別情　去思　醉鄉

歸思

【平】離憂　離愁　離懷　愁懷　行期　歸期　歸歟　歸愁

○離愁別恨十六　與身體門苦心醉眼互用

上去 事功 利名 事爲
仄 事業 德業 德望 績用 德譽 譽處 德善 德美
望實 福祿 福壽 聞望 道德
上平 功業 勳業 勳烈 功烈 功績 勳績 勞績 聲譽
名實 功用 功伐 勳伐 勞伐 功德 功利 功力
名利 名望 譽望 聲望 威德 才望 威望 勳望
稱望 名稱 稱譽 威譽 勳譽 名聞 聲聞 才聞
聲價

○生涯活計二十 並實

平 生涯 生謀 家風 家聲 家筵 家門 家方 家庭
門風 營生 謀生 工夫 襟期 襟懷 風光 風宜
門庭

上去 世情 路岐 土宜 業緣 分緣 俗緣 宿緣 福緣
仄 活計 活路 世界 世業 本業 本分 本事 本色
世故 世事 伎倆 手藝 土產 境界 動履
上平 生理 生業 生意 生活 生計 家地 年紀 年事
家計 門地 門路 岐路 家數 官樣 行徑 行李
緣分 緣法 消息 門望

○新歡舊恨二十一 與佳遊勝集互用 並虛 死

平 新歡 濃歡 前歡 餘歡 幽歡 清歡 清愁 新愁
閑愁 離愁 濃愁 濃粧 新粧 殘粧 幽期 深期
前期 前盟 新盟 深盟 浮生 歸程 離程 征程
清遊
仄 薄愁 別愁 艷粧 冶粧 淡粧 薄粧 盛粧 淺粧

事功 利名 事略

事業 德業 德望 績用 德譽 譽處 德善 德美

聲實 福祿 福壽 聞望 道德

功業 勳業 勳烈 功烈 功績 勳績 勞績 聲譽

名實 功用 功伐 勳伐 勞伐 功德 功利 功力

名利 名望 譽望 聲望 威德 才望 威望 勳望

稱望 名稱 稱譽 威譽 勳譽 名聞 聲聞 才聞

聲價

○生涯 生活 計二十

生涯 生謀 家風 家聲 家產 家門 家考 家庭

門風 營生 謀生 工夫 襟期 襟懷 風光 風宜

門庭

世情 路岐 土宜 業緣 分緣 俗緣 宿緣 福緣

活計 活路 世界 世業 本業 本分 本事 本色

世故 世事 伎倆 手藝 土產 境界 動履

生理 生業 生意 生活 生計 家地 年紀 年事

家計 門地 門路 家數 官樣 行徑 行李

緣分 緣法 消息 門望

○新歡 舊歡 限二十一 與佳遊勝集互用 見

新歡 濃歡 前歡 餘歡 幽歡 清歡 清愁 新愁

閑愁 離愁 濃愁 濃粧 新粧 殘粧 幽期 深期

前期 前盟 新盟 深盟 尋盟 歸程 離程 征程

清遊

淳遊 別遊 豔遊 冶遊 淡遊 淨遊 獨遊 淡遊

舊盟 後盟 後期 去程 淺顰 美談 舊交 舊知
故知 故交 夙緣 久要
【仄】舊恨 遠恨 密恨 宿恨 暗恨 舊迹 舊事 好事
往事 遠約 舊約 厚約 密約 密耗 舊識 暗約
後會 雅會 勝餞 別語 別話 別夢 好夢 淺笑
巧笑 勝集
【平】新恨 遺恨 餘恨 前約 前事 嘉話 閑夢 清夢
微笑 輕笑 幽思 佳興 重會 重約

○佳遊勝集二十二 【並虛】死

【平】佳遊 英遊 浮名 虛名 佳期 芳期 芳盟 芳筵
【仄】勝遊 俊遊 遠遊 舊遊 特筵 舊盟
【仄】勝集 勝會 勝槩 勝賞 勝事 勝餞 盛事 盛舉

盛集 慶事 小集
【平】佳會 嘉會 佳事 佳宴 芳宴 清賞 幽賞

○英標偉望二十三 與佳遊勝集互用 【並虛】死 【[illegible]實】

【平】英標 高標 清標 英聲 休聲 英名 芳名 高名
佳名 清名 深仁 高才 雄才 宏才 奇才 多才
清談 高談 高科 巍科 嘉謀 嘉猷 洪恩 嘉言
深謀 華齡 脩齡 忠言 名流 遺風 清風 高風
佳音 洪勳 遐齡 餘芳 遺芳
【仄】令名 貴名 大名 美名 重名 異才 大才 茂才
俊才 壯圖 甲科 大勳 大功 令儀 壯猷 至仁
妙齡 妙年 直言
【仄】偉望 雅望 雅量 令望 壯節 大節 勁節 晚節

舊盟 後盟 後期 去程 後輩 美談 舊交 舊知
故知 故交 夙緣 入夢
舊恨 遠恨 深恨 宿恨 暗恨 舊迹 舊事 好事
往事 遠約 舊約 厚約 深約 來約 舊識 暗約
後會 雅會 勝餞 別語 別語 別夢 好夢 微笑
巧笑 勝集
新恨 遺恨 餘恨 前約 前事 嘉話 閒夢 清夢
微笑 輕笑 幽恩 佳興 重會 重約

○佳遊勝集二十二

佳遊 英遊 遊名 重名 佳期 芳期 芳盟 芳蹤
勝遊 夜遊 遠遊 舊遊 壯遊 舊盟
勝集 勝會 勝槩 勝賞 勝事 勝餞 盛事 盛舉

盛集 慶事 小集
佳會 嘉會 佳事 佳宴 芳宴 清賞 幽賞

○英標偉望二十三 與佳遊勝集互用

英標 高標 清標 英聲 休聲 英名 芳名 高名
佳名 清名 深仁 高才 雄才 宏才 奇才 多才
清談 高談 高科 巍科 嘉謀 嘉猷 洪恩 嘉言
深謀 華齡 高齡 忠言 名流 遺風 清風 高風
佳音 洪勳 遐齡 餘芳 遺芳
令名 貴名 大名 美名 重名 異才 大才 沒才
俊才 壯圖 甲科 大勳 大功 令儀 壯猷 至仁
妙齡 妙年 直言
偉望 雅望 雅量 令望 壯節 大節 勁節 晚節

直節 正論 遠識 異論 令問 大器 偉器 淑問
大量 狹量 讜議 妙筭 上策 美譽 絕唱 令聞
茂德 厚澤 善政 美祿 小器
上平 英譽 芳譽 親譽 洪量 雄辨 嘉績 良策 長策
崇論 高論 清論 忠論 高議 清議 高節 清節
高致 高績 佳作

○真愁僞喜二十四 並虛 死

平 真愁 真知 佯狂 佯羞 偷閑 偷安
去 詐謀 效顰 苟安 效勞 足恭 代勞
仄 僞喜 假寐 假病 托病 詐病 習懶 强笑 暗笑
上平 真樂 偷喜 真隱 真懶 真病 佯笑 佯醉 偷笑

○多愁半醉二十五 並虛 死

平 多愁 多憂 多情 多歡 多思 多悲 多嬌 多羞
多知 多勞 多娛 多疑 多謀 多恩
上仄 半醒 屢思 獨醒 獨歡 寡言 寡謀 屢驚 少思
少恩
仄 半醉 半醒 半恨 揔恨 少恨 少睡 盡醉 盡信
獨恨 獨愛 寡欲 少欵 少待 少醉
上平 多恨 長恨 多感 多愛 多慮 多喜 多慾 多病
多怨 多睡 多怒 多笑 多悶 多樂 多夢 多望
多忿

○牽情惹興二十六 並虛 活 並實

平 牽情 傷情 陶情 含情 留情 忘情 傷懷 寬懷
舒懷 開懷 銷魂 忘懷 忘形 傷心 驚心 關心

錚瑽 韶濤 縷韻 添嬌 添愁 添思 鶯巧 鸝巧
傳情 寄情 含情 留情 添情 傳歡 寫歡
○傳情叢典二十六
多情
多病 多睡 多愁 多笑 多問 多樂 多喜 多感
多愁 長恨 多愛 多慮 多喜 多驚 多病
惱恨 獨愛 寡歡 少樂 少醉 少歡
半醉 半醒 半恨 少恨 少醉 盡醉 盡信
少恩
半醒 偏恩 偏醒 獨歡 寡言 寡謀 偏獨 少恩
多智 多謀 多疑 多謀 多恩
多愁 多感 多情 多歡 多恩 多病 多疑 多謀

○多愁半醉二十五
真樂 倫喜 真陽 真嬾 真病 佯笑 佯醉 倫笑
僞喜 假病 假病 托病 詐病 習嬾 強笑 暗笑
詐謀 致嬾 放安 致勞 文恭 伏勞
真愁 真智 佯狂 佯善 倫閒 倫安
○真愁僞喜二十四
高致 高情 佳作
崇論 高論 清論 名論 高議 清議 高節 清節
宏議 芳譽 親譽 洪量 雅譽 嘉績 良策 長策
淡德 厚澤 善政 美德 小器 美譽 絕倫 令聞
大量 恢量 讜議 妙筆 上策 美譽 絕倫 令聞
直節 正論 遠識 異論 令聞 大器 偉器 淑問

縈心 寬心
【上仄】遣懷 暢懷 放懷 釋懷 感懷 暢情 適情 恣情
動情 斷魂 苦心 動心 放心
【仄】惹興 遣興 寄興 動興 適興 適意 遂意 介意
失意 稱意 識性 適性 忍性 注意
【上平】加意 留意 隨意 乘意 乘興

○忘憂取樂二十七 與牽情惹興互用 【並虛】上活

【平】忘憂 銷憂 銷愁 含愁 添愁 含羞 懷羞 包羞
貪歡 追歡 銜冤
【上仄】解憂 解愁 解醒 惹愁 掩羞 助嬌 解嘲 雪冤
【仄】取樂 作樂 取笑 索笑 惹恨 遣恨 飲恨 釋憾
息謗 贊喜 助樂 積怨 贊慶 起謗 貳過 匿怨

【上平】銷恨 含恨 懷恨 懷怨 修怨 遷怒 懲忿 含笑
貽笑 興謗 招謗 含怒 招怨

○傳聞見說二十八 【並虛】活

【平】傳聞 聞知 傳言 聞言
【上仄】報知 說知 見知 寄言
【仄】見說 問道 借問 寄語 說道 見得 聽得 記得
料得 料想 想見
【上平】聞道 聞說 知道 知得 聞得

○歌闌宴罷二十九 【並虛】死

【平】歌闌 歌停 歌殘 詩成 香銷 香殘 香濃 燈殘
燈昏 歌長 遊歸 文成 吟成 吟終 謳殘 吟殘
朝回 吟餘 歡餘

朝回 吟餘 歡餘
燈昏 歌長 遊歸 文成 吟成 吟殘 謳殘 吟殘
〔平〕歌闌 歌停 歌殘 詩成 香銷 香殘 香濃 燈殘
○歌闌宴罷二十九 〔□〕凡
〔上平〕聞道 聞說 知道 知得 聞得
料得 料想 想見
〔入〕見說 問道 借問 寄語 說道 見得 聽得 記得
〔上入〕報知 說知 見知 寄言
〔平〕傳聞 聞知 傳言 聞言
○傳聞見說二十八 〔□〕沾
貽笑 興譽 招譽 含怒 惹怒
〔上平〕銷恨 含恨 兼恨 懷怒 觸怒 遷怒 懷忿 含笑

摛藻卷九　十三

息謗 贊喜 助樂 積怨 贊慶 赴訴 貢過 屬怨
〔入〕取樂 作樂 取笑 含笑 惹恨 遣恨 飲恨 釋憾
〔上入〕解憂 解愁 解酲 惹愁 撩悶 助嬌 解嘲 雪冤
貪歡 追歡 銜冤
〔平〕忘憂 銷憂 銷愁 含愁 添愁 含羞 懷羞 包羞
○忘憂取樂二十七 與牽情惹興互用 〔□〕上沾
〔上平〕加意 留意 隨意 乘意 乘興
失意 稱意 識性 適性 忍性 注意
〔入〕惹興 遣興 寄興 動興 適興 適意 遂意 介意
動情 斷腸 苦心 動心 放心
〔上入〕遣懷 暢懷 放懷 釋懷 感懷 暢情 適情 縱情
豁心 寬心

【上仄】曲終 夢殘 望窮 宴闌 酒闌 飲闌 飲殘 興闌

酒酣 宴酣 舞停 舞休 燭殘 賦成 醉歸 句成

撰成 寫成 畫成 夢成 夢闌

【仄】宴罷 舞罷 酒罷 酒散 酒盡 酒困 飲散 飲罷

飲盡 舞歇 讀罷 曲罷 賦就 奏就 奏畢 宴就

舞徹 奏罷 唱徹 奏徹 覽徧 覽盡 哭罷 賞徧

畫就 寫就 試罷

【上平】歌罷 碁罷 歌徹 歌歇 吟就 吟罷 吹徹 朝罷

筵散 香散 香冷 香歇 香暗 燈暗 香斷 香淡

香裊 琴罷 揮就 詩就 文就 行倦 遊徧 遊罷

描就

上虛 死 下虛 活

〇愁消樂極三十

【平】愁消 愁生 愁添 愁深 愁來 愁回 懽餘 懽生

懽遲 吟成 吟餘 酣來 魂消 魂飛 魂升 愁開

眠遲 朝回 悲生 悲來 聲沉 歌停 遊歸

【上仄】睡餘 醉餘 夢回 夢闌 夢驚 夢殘 恨深 恨消

恨生 喜生 喜添 怨深 悶來 悶除 興來 醉來

醒來 醉醒 睡來

【仄】樂極 喜極 怨極 恨極 望極 望斷 興盡 睡足

夢覺 夢斷 悶解 夢破 睡起 睡永 睡熟 睡覺

喜動 望遠

【上平】懽極 懽盡 吟徹 懽洽 吟罷 吟就 吟苦 愁去

愁散 愁斷 愁破 愁解 眠熟

上虛 活 下半虛

〇愁時樂處三十一

○愁時樂處三十一

愁散 愁斷 愁破 愁解 眼歎

歡極 歡盡 吟徹 歡洽 吟罷 吟就 吟苦 愁去

喜動 望遠

夢覺 夢斷 醉解 夢破 睡起 睡永 睡歎 睡覺

樂極 喜極 愁極 恨極 望極 望斷 興盡 睡足

醒來 醉醒 睡來

恨生 喜生 喜添 愁深 恨來 恨添 興來 醉來

睡餘 醉餘 夢回 夢闌 夢驚 夢殘 恨深 恨消

眼連 朝回 悲生 悲來 聲沉 歌停 遊歸

歡逢 吟成 吟餘 酣來 魂消 魂飛 魂升 愁開

愁消 愁生 愁添 愁深 愁來 愁回 歡餘 歡生

○愁消樂極三十

梅說

香鼻 琴罷 揮就 詩就 文就 行樂 遊倦 遊罷

筵散 香散 香冷 香歇 香暗 燈暗 香斷 香消

歌罷 棋罷 歌徹 歌歇 吟就 吟罷 吟徹 朝罷

畫就 寫就 試罷

舞徹 奏罷 唱徹 奏徹 覺倦 覺盡 哭罷 賞倦

飲盡 舞歇 讀罷 曲罷 賦就 奏就 奏畢 宴就

宴罷 舞罷 酒罷 酒散 酒盡 酒困 飲散 飲罷

撰成 寫成 畫成 夢成 夢闌

酒酣 宴酣 舞停 舞休 燭殘 賦成 醉歸 句成

曲終 夢殘 星稀 宴闌 酒闌 飲闌 飲殘 興闌

【平】愁時 吟時 歌時 行時 歸時 來時 眠時 閑時
忙時 醒時 來期 歸期
【去】醉時 飲時 醒時 笑時 困時 樂時 悶時 別時
去時 去期
【入】樂處 舞處 喜處 賞處 望處 飲處 鬧處 醉處
醒處 睡處
【上平】吟處 題處 歌處 遊處 行處 來處 閑處 愁處
生處 歡處

○閑中靜裏三十二 與愁時樂處互用 【上虛】活 【下半虛】

【平】閑中 忙中 愁中 吟邊 吟中 愁邊 行邊
【上去】夢中 睡中 病中 夢間 醉中 意中 靜中 望中
旅中 怒中 悶中 喜中 話中 鬧中 病餘 笑中
困中 飲中 飲中八仙歌 酒中 酒邊 笑邊 醉餘 睡餘

悶邊 食前 話邊
【入】靜裏 睡裏 醉裏 鬧裏 閑後 坐裏 夢裏 別後
見後 醉後 樂內 醒後 覺後 去後 過後 酒後
意內 意外 望外 樂後
【上平】閑裏 忙裏 愁裏 歡裏 行裏 歸裏 來後 愁後

○東歸北望三十三 【上半虛】【下虛】活

【平】東歸 西歸 南歸 東還 西還 東來 東行 東征
西征 東遊 南還 東瞻 西遊 南遊 西行 西來
西瞻 南來 南征 南翔 南行 東巡 南巡 西巡
【去】北征 北行 北歸 左旋 右旋 外還 外攻 外防
內寬 內馳 左還 北來 北巡

內寬　內馳　左還　北來　北巡

〔仄〕北征　北行　北歸　左旋　右旋　外遍　外交　外防

西謄　南來　南征　南翔　南行　東巡　南巡　西巡

西征　東遊　南還　東謄　西遊　南遊　西行　西來

〔平〕東歸　西歸　南歸　東還　西還　東來　東行　東征

○東歸北望三十三 [illegible] [illegible] 古

〔平〕閒裏　忙裏　愁裏　歡裏　行裏　歸裏　來後　愁後

意內　意外　望外　樂後

見後　醉後　樂內　醒後　覺後　去後　過後　酒後

〔仄〕靜裏　睡裏　醉裏　閒裏　閒後　坐裏　夢裏　別後

問邊　食前　話邊

困中　飲中　飲中八仙　酒中　酒邊　笑邊　醉餘　睡餘

旅中　愁中　悶中　喜中　話中　閒中　病餘　笑中

〔仄〕夢中　睡中　病中　夢間　醉中　意中　靜中　望中

〔平〕閒中　忙中　愁中　吟邊　吟中　愁邊　行邊

○閒中靜裏三十二　與愁時樂處互用 [illegible] 古 [illegible]

生處　歡處

〔平〕吟處　過處　歌處　遊處　行處　來處　閒處　愁處

醒處　聽處

〔仄〕樂處　舞處　喜處　賞處　望處　飲處　鬧處　醉處

去時　去期

〔仄〕醉時　飲時　醒時　笑時　困時　樂時　悶時　別時

忙時　醒時　來期　歸期

〔平〕愁時　吟時　歌時　行時　歸時　來時　眠時　閒時

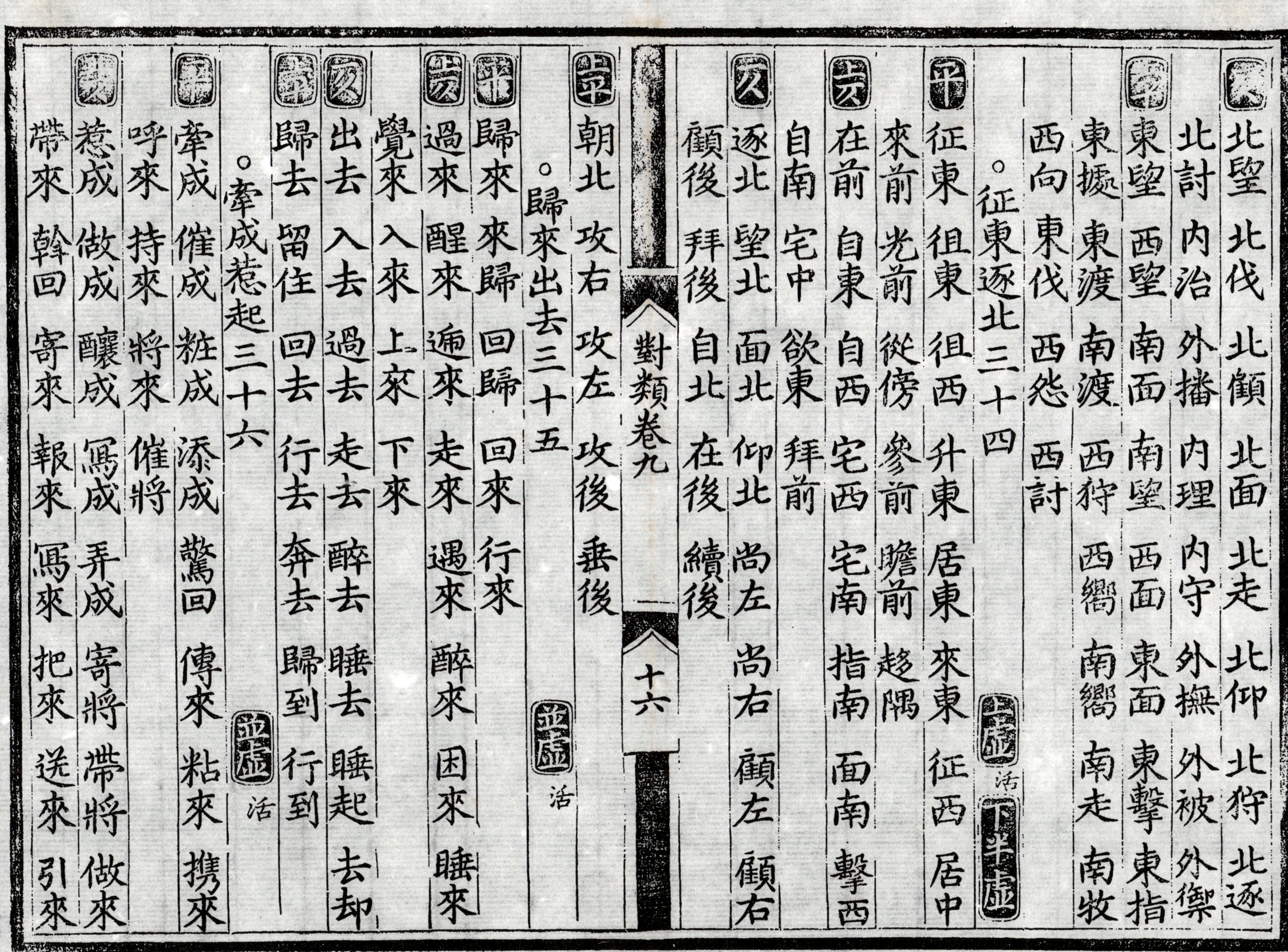

北望 北伐 北顧 北面 北走 北仰 北狩 北逐
北討 内治 外播 内理 内守 外撫 外被 外禦
東望 西望 南面 南望 西面 東面 東擊 東指
東據 東渡 南渡 西狩 西嚮 南嚮 南走 南牧
西向 東伐 西怨 西討

○征東逐北三十四 上虚 活 下半虚

征東 徂東 徂西 升東 居東 來東 征西 居中
來前 光前 從傍 參前 瞻前 趍隅
在前 自東 自西 宅西 宅南 指南 面南 擊西
自南 宅中 欲東 拜前
逐北 望北 面北 仰北 尚左 尚右 顧左 顧右
顧後 拜後 自北 在後 續後

朝北 攻右 攻左 攻後 垂後

○歸來出去三十五 並虚 活

歸來 來歸 回歸 回來 行來
過來 醒來 遁來 走來 遇來 醉來 困來 睡來
覺來 入來 上來 下來
出去 入去 過去 走去 醉去 睡去 睡起 去卻
歸去 留住 回去 行去 奔去 歸到 行到

○牽成惹起三十六 並虚 活

牽成 催成 粧成 添成 驚回 傳來 粘來 携來
呼來 持來 將來 催將
惹成 做成 釀成 寫成 弄成 寄將 帶將 做來
帶來 斡回 寄來 報來 寫來 把來 送來 引來

帶來　擕回　寄來　報來　遇來　召來　送來　引來
慈成　做成　釀成　寫成　弄成　書將　帶將　做來
呼來　持來　將來　催將
筆成　催成　游成　漆成　驚回　傳來　粘來　擕來
○牽成捲起三十六
歸去　留住　回去　行去　奔去　歸到　行到
出去　入去　過去　走去　醉去　睡去　睡起　去却
覺來　入來　上來　下來
過來　醒來　遞來　走來　遇來　醉來　困來　睡來
歸來　來歸　回歸　回來　行來
○歸來出去三十五
朝北　攻右　攻左　攻後　無後

顧後　拜後　自北　在後　續後
遙北　望北　面北　仰北　尚左　尚右　顧左　顧右
自南　宅中　欲東　拜前
在前　自東　自西　宅西　宅南　指南　面南　擊西
來前　光前　從傍　參前　瞻前　趨隅
征東　徂東　徂西　升東　居東　來東　征西　居中
○征東逐北三十四
西向　東伐　西祭　西討
東撫　東渡　南渡　西狩　西戀　南戀　南去　南敬
東望　西望　南面　南望　西面　東面　東擊　東指
北討　內治　外播　內理　內守　外撫　外攻　外禦
北望　北伐　北顧　北面　北去　北仰　北狩　北逐

挽回 喚回 遣回

〔仄〕惹起 喚起 喚動 喚醒 惹動 做出 做就 說破

說起 說與 壓倒 寄與 付與 寄去 寫就 撥轉

〔上平〕牽起 牽動 催起 扶出 將出 撩動 驚動 驚起

驚破 驚醒 提起 拈起 推起 推出 拈出 扶起

彈破 推去 推倒 描就 描出 粧出 粧就 催動

提醒

○風流慷慨三十七 與人物門英雄雅淡互用 〔並虛〕活

〔平〕風流 風騷 清虛 清幽 逍遙 優柔 從容 妖嬈

忠良 寬容 公忠 豪華 清狂 憂勤 勤勞 粗豪

蕭閑 空疎 隆鍾老也 殷勤 辛勤 驕矜 和平 娉婷

勤渠 蹉跎 驕奢 聰明 賢明 明良 溫良 安恬

趑趄 嬌羞 繁華 奢華 周章 嬋娟 溫恭

〔上去〕肅清 困窮 滑稽 囁嚅 等閑 聖明

〔仄〕慷慨 倜儻 跌宕 放曠 曠達 快樂 艷冶 富贍

雅俏 窈窕 妙麗 委曲 艷麗 雅潔 綽約 黠慧

恍惚 偃蹇 美麗 節儉 質朴 切直 嫵媚 睿知

孝悌 富貴 富壽 醞藉

清雅 嫺雅 愚魯 貧賤 尊大 驕大 佳麗 溫潤

踈俊 豪健 踈闊 豪逸 忠信 忠孝 忠厚 忠鯁

弘毅 淳朴 明哲 恭儉 勤儉 勤苦

○行藏進退三十八 此與登臨賞翫字義不同此字義一正一反之意 〔並虛〕活

行藏 興居 興亡 窮通 飛鳴 浮沉 榮枯 存亡

舒斂 耕收 升沉 縱橫 升潛 從違 安危

文義　絆況　翔橫　計譜　行遠　安危

行義　沃溪　興亡　蕩通　飛遇　汾況　桑梓　存亡

○行義　行遊遵也　三十八

紅蔽　淳朴　明哲　恭儉　勤儉　勤苦

疏後　真誠　謙虛　寬容　忠信　忠孝　忠厚

清雅　嫻雅　恩愛　貧賤　尊大　驕大　佳廉　溫潤

青春　富貴　富壽　醞籍　貧朴　切直　廉潔　奢華

洸蔗　僵蔓　美麗　節儉　豔麗　雅潔　絲章　點綴

雅情　紛沉　妙麗　妻曲　蕭達　淑樂　豐洽　富麗

謙慨　洞蕭　淑宮　放曠　簪闊　聖明

蕭清　因窮　滑稽　囂囂　周章　彈始　溫恭

披垣　嬌羞　繁華　奢華

遊樂　嬌奢　暖明　賢明　明良　溫良　安居

蕭閒　空疎　隆崇　殷勤　辛勤　驕矜　和平

忠良　寬容　公忠　豪華　清狂　豪勇　勤勞　粗豪

風流　風騷　清虛　清幽　逍遙　優柔　從容　妖嬈

○風流　風流雅態　三十七　與人為門異韻韻同

提醒　推去　推倒　搖落　搖出　推出　搖落　推動

彈破　驚醒　提起　拈起　推起　推出　拈出　扶起

牽動　推起　扶出　揚出　搖動　驚動　驚起

牽起　牽動　扇倒　牽與　拈與　牽去　飄蕩　撥轉

驚起　吹起　吹動　吹醒　吹動　吹出　吹蕩　說破

挽回　喚回　喚回　遣回

【上仄】往來 卷舒 去回 死生 倡隨 笑啼 笑顰 塞通
起居 去來 往回 往還 去留 屈伸 抑揚 倡酧
【仄】進退 出處 出入 出沒 出納 坐卧 坐起 作息
作止 動靜 勝敗 去就 去取 去住 聚散 語嘿
食息 偃仰 俯仰 往返 往復 反復 勝負 坐作
起止 得失 舉止 舉動 隱見 斂散 黜陟 向背
省定 喜怒 陟降
【上平】遊息 來往 來去 舒卷 增損 增減 離合 興寢
通塞 窮達 行止 憂樂 悲喜 操捨 因革 升降
成敗 成毀 褒貶 辭受 明滅

○登臨賞翫三十九 【並虛】活

【平】登臨 追遊 嬉遊 遊觀 遊田 蒐田 追隨 追陪

觀瞻 逢迎 迎逢 搜尋 追尋 棲遲遊息也 經營
營求 奔趍 奔馳 謳歌 謳吟 驅馳 登躋 吟哦
歌謠 歌呼 甄陶 梳粧 扶持 攜持 提攜 施爲
耕耘 耕鋤 歡娛 耘鋤 犂鋤 調和 提撕 賡酬
藏脩 栽培 敲推 耕樵 漁樵 菑畬 歡呼 周旋
團欒 脩禳
【上仄】泳遊 詠歌 語言 笑言 燕遊 燕閑 宴安 切磋
琢磨 翦裁 講論 講求 睡眠 品題 送迎 較量
品量 步趍 勸酬
【仄】賞翫 賞望 宴賞 燕樂 飲宴 宴逸 宴餞 笑傲
笑詠 笑語 品藻 唱詠 鼓舞 拜舞 舞蹈 戲謔
博弈 櫛沐 粉飾 夢寐 寢處 寤寐 饋送 眺望

仄　往來　卷舒　去回　死生　倡隨　笑啼　笑譁　塞通
仄　起居　去來　往回　往還　去留　屈伸　抑揚　倡酬
進退　出處　出入　出沒　出納　坐臥　坐起　作息
作止　動靜　勝敗　去就　去取　去住　聚散　語默
食息　偃仰　俯仰　往返　往復　反復　勝負　坐作
起止　得失　舉止　舉動　隱見　斂散　黜陟　向背
宵定　喜怒　陟降
上平　遊息　來往　來去　舒卷　增損　增減　離合　興廢
通塞　窮達　行止　憂樂　悲喜　聚合　因革　升降
成敗　成毀　褒貶　讙愛　明滅

○登臨追遊賞翫三十九

平　登臨　追遊　遊覽　遊田　蒐田　追隨　追陪
觀瞻　逢迎　迎逢　搜尋　追尋　攀追　遊息　經營
嘗求　奔趨　奔馳　謳歌　謳吟　謳謠　徵[illegible]　吟安
歌謠　歌舞　歡陶　林樵　扶持　攜持　提攜　嘯鳴
耕耘　耕鋤　歡娛　耘鋤　犁鋤　調和　揖讓　賡酬
樵謳　牧唱　[illegible]　耕樵　漁樵　笛會　歌呼　周旋
園樂　情歡
仄　泳遊　詠歌　語言　笑言　燕遊　燕閑　宴安　切磋
琢磨　讀書　講論　講求　睡眠　品題　送迎　較量
品量　步趨　勸酬
仄　賞翫　賞覽　宴賞　燕樂　宴遊　宴餞　笑傲
笑詠　笑語　品藻　唱詠　鼓舞　拜舞　舞蹈　歡謳
博弈　樗蒲　紛爭　夢寐　宴處　寤寐　賓送　眺望

顧眄　採摘　洒掃　動履　負戴　步履　步驟　饋遺
請託　偃息　請謁　射獵　彈射　射弈　負荷　種藝
種蒔　種穫　種植　穫刈　講誦　讀誦　結束　唱和
睥睨　著述　燕喜　讚歎　洗滌　沐浴　拂拭　選擇
踐履
上平 遊賞　歌詠　吟詠　歌誦　言語　談論　談笑　歡笑
吟賞　嬉戲　觀戲　瞻仰　遊戲　瞻視　瞻望　瞻眺
凝眺　觀望　尋訪　馳騁　馳逐　奔走　斟酌　攀折
遊息　栽插　耕種　耕作　耘耔　觴詠　絃誦　遊宴
居處　離別　耕釣　漁獵　遊覽　蒐獵　題品　題詠
追逐　居止　游泳　遊逸　畋獵　歡樂　嬉笑　粧束
歌舞　消遣　行止　撞擊　征伐　耕釣　耕布　耕穫

田狩　遊舞　祈禱
○安排斷送四十　並虛 活
平 安排　招呼　招邀　推排　扶持　支撐　支吾　端相
驅除　消除　粧排　消磨　勾銷　鋪張　鋪排　鋪陳
摩挲　薰陶　調停　遮藏　吹噓　勾邀　推敲　丁寧
商量　搜求　搜尋　揄揚　飛揚　陶鎔　防閑　彰施
侵淩　隄防
上仄 掩藏　蓋藏　攫拏　揣摩　主張　破除　挈提　作成
發揮　稱提　整齊　主持　主盟　掃除
仄 斷送　整頓　整理　整葺　撿點　點綴　點染　點撿
點勘　點校　料理　脫略　負荷　祝付　付托　做作
造作　激作　造就　結果　結束　洗滌　問訊　葺理

造作 激作 造就 結果 結束 洗澡 問究 事理
興勘 點校 料理 照合 負荷 祝付 付托 做作
斷送 整頓 整章 撿點 點綴 點染 點撿
發揮 揮舉 讚許 主持 主盟 掙除
撿撒 攢掇 撿攢 指摩 主張 攻除 事提 作成
侵凌 限防
商量 拔沙 撥尋 擒損 飛動 陷路 防閑 剪滷
摩掌 薰陶 調停 遮藏 攻達 勾踐 擁敲 丁寧
驅除 除除 扶拱 消磨 勾銷 銷張 銷排 鋪陳
安排 招呼 招邀 推排 扶持 文澤 文章 淵相
○安排 斷送 四十 治
田符 遊舞 祈禱

跋涉 遊遣 行止 遭遇 征伐 耕鋤 耕布 耕種
追逐 居止 游泳 遊逸 吹彈 歡樂 墻笑 粧束
居處 離別 耕鋤 漁獵 遊覽 萬攢 題品 題詠
遊息 栽培 耕種 耕作 耕耘 鍋詠 絃誦 遊宴
嬉戲 觀玩 吟詠 騁馳 馳逐 奔走 酣歌 攀折
吟賞 遊戲 觀覽 吟咏 遊戲 嬉覦 嬉望 嬉眺
遊賞 歌詠 吟詠 歌謳 言語 談論 談笑 歡笑
變覆
睥睨 著述 燕喜 讚歎 洗滌 沐浴 拂拭 選擇
種藝 種植 種植 栽培 讚誦 讀誦 結束 和合
請託 偃息 請謁 射獵 彈射 射弈 負荷 種藝
傾身 休憩 洒掃 動履 負戴 步履 步驟 饋遺

照管 主管 管領 判斷 付送 抖擻 擺脫 剔刮
剔撥 剔決 醞釀 剖決 剖判 出脫 束縛 攧弄
準備 準擬 指擬 等待 闖伺 偵伺 結搆 伺候
攛促 從臾 展拓 照拂 覆護 愛護 警省 揣摸
綴葺 報答 撿校 問答 應答 假借 獎借 借貸
愛惜 拂拭 撿束 漏泄 促迫 掃蕩 剝琢

上平

拈弄 拈惹 沾惹 拈綴 排列 排辦 沾染 羅列
提調 披拂 拘管 催促 驅遣 消遣 追逐 驅逐
馳逐 勾引 邀引 粧扮 調理 調攝 收歛 標榜
分付 分剖 牽絆 牽合 經理 擔荷 憑仗 商畧
陳設 鋪設 粧綴 粧點 收拾 調弄 提挈 提掇
區處 回護 拘束 撑住 差遣 催趲 裁翦 收捲

排布 排遣

連綿

。酕醄酩酊四十一 與風流慷慨互用

並虛活

平

酕醄醉也 蹁躚 躊躇 徜徉 猖狂 因循 摩挲 踟躕
恢諧 含糊 趑趄 遲疑 俳優 團欒 婆娑 誰何
搶攘 綢繆 優游 徘徊 留連 棲遲 倉忙 流連
遲留 淹留 雍容 蹉跎 盤桓 從容 迂徐

上仄

寂寥 宴閑 覬覦 緒餘 逗遛 滑稽 整齊 陸梁
跳梁

仄

酩酊醉也 欵乃 蔑裂 恍惚 黽勉 邂逅 雜遝 散誕
特達 欵曲 落魄不濟 宿留 眷戀 從臾音揔勇又相勸勉也 辟易
快活 浪蕩 勉勵 懈怠 倦怠 怠惰 骯髒 齟齬
汗漫 土苴 繾綣 宛轉 儉嗇 展轉 仔細 曲折

○有第四十一　與厚黝通用

久 [illegible]

九 [illegible]

手 [illegible]

[illegible]

委曲 恐悚 恐懼 迤邐 眊矂 滑笑 苟且 曉了

蹇澁 妄誕 逼迫 反側 蹭蹬 省悟 窈窕 抑鬱

[illegible] 猶豫 膠擾 僥倖 孤負 濡沫 迍邅 淹滯 容易

迂闊 遊冶 忽遽 狼狽 狼戾 憔悴 奇特 騰踏

舒暢 慚愧 尷尬 勤苦 辛苦 顛倒 羞澁 浮浪

流暢 流落 饕餮 蕭索 蕭散 閑適 真率 盤礴

○欣然樂矣四十二 並虛 活

平 欣然 歡然 陶然 怡然 安然 悠然 蕭然 翻然

悽然 溫其 泠然 飄然 來兮 來歟 歸歟 翩然

巍乎

上去 浩然 凜然 慨然 異乎 煥乎 勃然 蹙然 樂哉

悄然 肅然 樂然 快哉 富哉 儼然 斐然 大哉

小哉 異哉 盛哉 愛之 惡之 樂乎 信乎 凜乎

入 樂矣 醉矣 愛矣 醉也 遠也 睡也 去也 去矣

富矣 習矣 美矣 庶矣 侈矣 遠矣 甚矣 久矣

上平 徽矣 衰矣 行矣 安矣 衰也 憂也 來也 歡也

數目 ○三思一顧四十三 上虛 死 下虛 活

平 三思 千思 孤吟 孤眠 三嘗 三呼 三遷 群言

上去 一遊 一行 一言 再言 百思 再歌 再思 百憂

九思有語君子九思 一來 一觀 一聞

入 一顧 再顧 四顧 一望 四望 一酌 一飲 一舉

一別 再笑 一去 一出 一處 一語 一嘿 一唱

一喜 四喜 萬感 百感 一吸 百拜 再拜 百發

百中 一戰 百勝 萬選 萬中 一掃 一笑 一發

百中 一戰 百勝 萬中 一掃 一笑 一發
一喜 四喜 萬感 百感 一吸 百拜 再拜 百發
【入】一別 再笑 一去 一出 一處 一語 一罵 一唱
一顧 再顧 四顧 一望 四望 一酌 一飲 一舉
九思 有語九思引 一來 一覽 一開
【去】一遊 一行 一言 再言 百思 再歌 再思 百憂
【平】三思 十思 一杯 一令 杯眼 三書 三唱 三遷 醉言
【幾回】○三思一顧四十三　【上】況【下】否
【上平】微矣 衰矣 行矣 安矣 衰也 憂也 來也 歎也
富矣 賢矣 美矣 無矣 倦矣 遠矣 甚矣 久矣
【去】樂矣 醉矣 愛矣 醉也 遠也 難也 去也 去矣
小哉 異哉 盛哉 愛之 遠之 樂乎 信乎 稟乎

對類卷九　二十一

悄然 蕭然 樂然 快哉 富哉 嚴然 斐然 大哉
【去】浩然 凜然 藹然 異乎 樂乎 藹然 變然 樂哉
鶴乎
儼然 溫其 合然 飄然 來兮 來歟 歸歟 翩然
【平】欣然 藹然 恬然 怡然 安然 悠然 蕭然 翩然
○欣然樂矣四十二　【[illegible]】否
流觴 流落 饕餮 蕭索 蕭散 閒適 真率 盤礴
飲觴 衡陽 應也 勤苦 辛苦 顛倒 善謔 浮浪
狂狷 游冶 偃蹇 狼狽 狼戾 憔悴 奇特 騰路
【[illegible]】酒激 瞿憂 僥倖 孫負 濡沫 迍邅 淹滯 容易
蹇諤 安詳 過從 反側 嘈雜 沓唔 紛紜 聲譽
委曲 恐凍 恐懼 逆運 胆躁 滑笑 苟且 兢勉

一沐　一醉　百戰

〔上平〕三歎　三詠　三省　三祝　三顧　三握　三吐　雙綰

千種　千恨

〔上虛〕死　〔下虛〕活

○千聞一見四十四

〔平〕千聞　千愁　三行　三緘　群居

〔上仄〕一呼　百爲　衆謀　衆咻　萬言　九遷　獨行　獨吟

四愁　四知　一私　兩强　萬愁

〔仄〕一見　一看　一瞬　一詠　一食　一飽　一睡　一夢

一覺　一步　數步　一往　一別　一嚬　一得　百詠

百慮　半恨　半醉　半醒　百恨　百媚　百步　萬幸

萬想　兩好　九頓　七步

〔上平〕千慮　千緒　千計　三疊　三進　三弄　千恨　千變

三變　三接　三至　三勸

〔疊字〕○匆匆役役四十五

〔並虛〕死

〔平〕匆匆（杜告別莫匆匆）　陶陶　醺醺（並醉）　嬉嬉　慊慊（病酒）　綿綿（恨）　汪汪

洋洋　區區　盈盈（淚）　冲冲（憂）　欣欣（喜色）　㪷㪷（睡）　芒芒　拳拳

徐徐　悠悠　遲遲　翩翩　于于　空空　悾悾　醒醒

忉忉　凞凞　怡怡　愉愉　唭唭　孳孳　兢兢　棲棲

諄諄　融融　偲偲

〔仄〕役役（多事）　衮衮　擾擾　脉脉（情）　悄悄（憂心）　默默（愁）　拍拍　瑣瑣

察察　冗冗（動貌）　截截　恐恐　落落　晏晏（笑言）　縷縷　杳杳

炯炯（精神）　浩浩（氣）　啞啞（笑）　僕僕　嗃嗃　呪呪　咄咄　唶唶

戀戀　慄慄　凜凜　怏怏　鬱鬱　聒聒　汩汩　洩洩

灑灑　洞洞　欵欵　切切　草草　逐逐　勉勉　睄睄

一本　一華　百數

【平】三藥　三請　三說　三顯　三城　三吐　變奩

千種　千恨

○千聞一見　四十四

【平】千聞　千變　三行　三緘　群居

【去】一學　百篇　眾議　眾林　萬言　九遷　獨行　獨吟

四發　四知　一枝　兩強　萬幾

【入】一見　一看　一聲　一詠　一食　一飽　一聽　一夢

一覺　一步　數步　一往　一別　一得　百詠

百慮　半恨　半醉　半醒　百恨　百篇　百步　萬幸

萬想　兩好　九頃　七步

【上】千慮　千緒　千計　三疊　三遷　三弄　千恨　千變

三變　三接　三至　三獨

○殳殳殳殳　四十五

【平】[illegible]

洋洋　區區　盈盈　沖沖　[illegible]

徐徐　倏倏　遲遲　翩翩　仔仔　欣欣　[illegible]

叨叨　[illegible]　怡怡　偷偷　其其　空空　[illegible]

諄諄　[illegible]　偲偲　[illegible]

【入】役役　[illegible]　憂憂　[illegible]　啧啧

察察　冗冗　藏藏　洽洽　[illegible]

洄洄　浩浩　[illegible]

戀戀　淚淚　[illegible]　眯眯　[illegible]

灑灑　洄洄　欸欸　叨叨　草草　[illegible]

縮縮　子子　整整

○來來去去四十六　【並虛】活

【平】來來　行行　看看　言言　招招　搖搖　云云　生生

【仄】去去　往往　步步　語語　望望　進進　坐坐　退退

【字】○步月歸乘風去四十七

【平】步月歸　踏月遊　踏雪沽　踏雪來　戴星來　舞風歸
伴月眠

【仄】乘風去　從天下　隨月去　邀月飲　對月飲　戴星出
戴星入　望塵拜　仰天笑　披雲覩

○笑生春嬌侍夜四十八

【平】笑生春　醉和春（選玉樓宴罷醉和春）　醉通宵　夢遊仙（魏野詩驚回一覺夢遊仙）

【仄】嬌侍夜　歌煖響（阿房宮賦歌臺煖響）　飲徹夕　眠到曉　愁怕曉

○送春行避暑飲四十九

【平】送春行　賞春回　勸春歸　及春遊

【仄】避暑飲　通宵飲　長夜飲　連日醉　傷春恨　迎春宴
動春酌

○探花遊鬬草會五十

【平】探花遊　戴花回　看花回　折桂歸　踏花歸　採蓮歌
據梧吟　賣花聲　踏槐遊

【仄】鬬草會　攀桂喜　隨柳過　對花飲　踏花去

○虎豹威鴻鵠志五十一

【平】虎豹威　鴻鴈賓　鴛鷺群　魚鰕群　介牙宗

【仄】鴻鵠志　麋鹿友　鳥獸行　豚魚信　猨猴勇

○攀龍鱗附鳳翼五十二

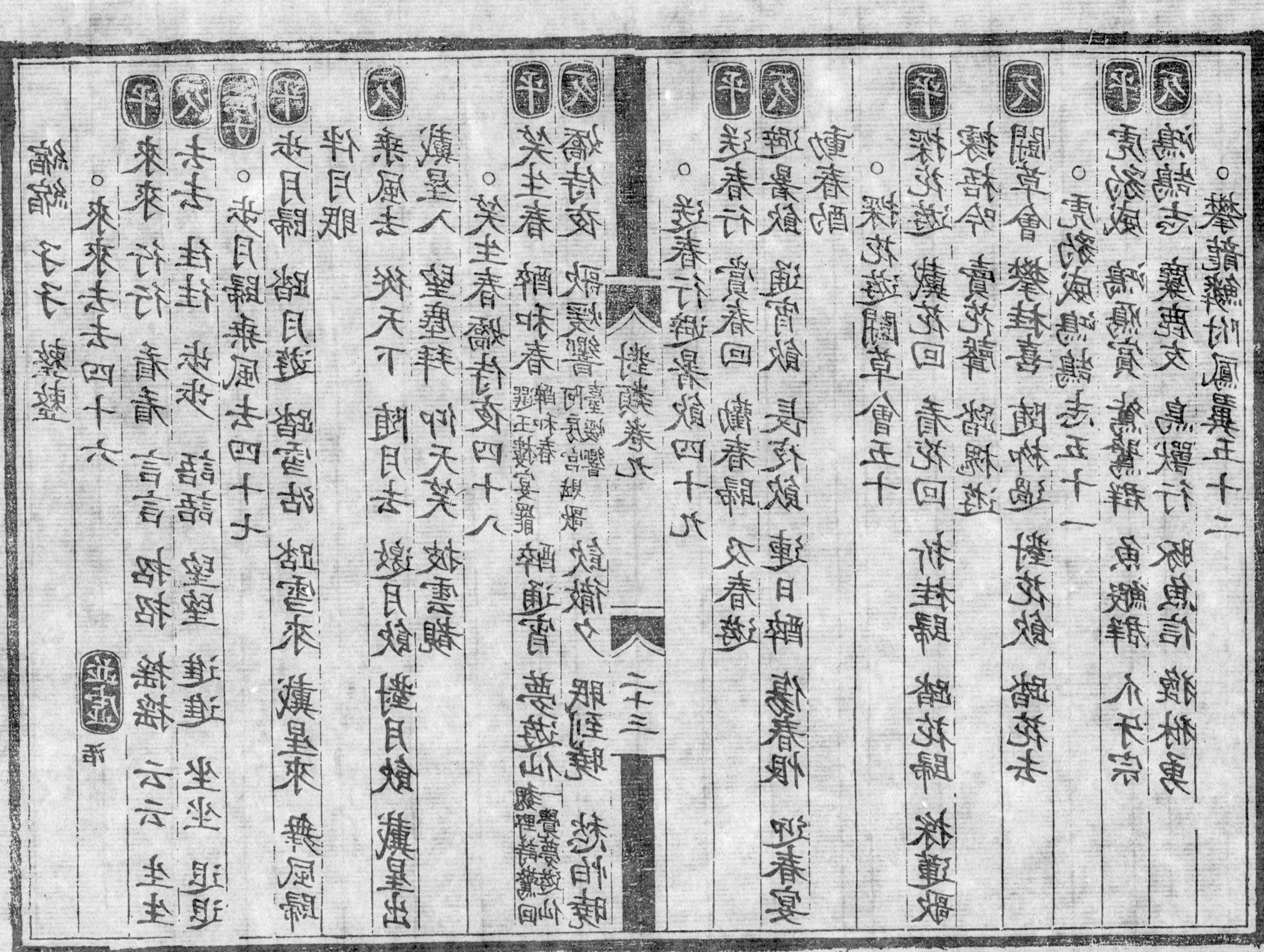

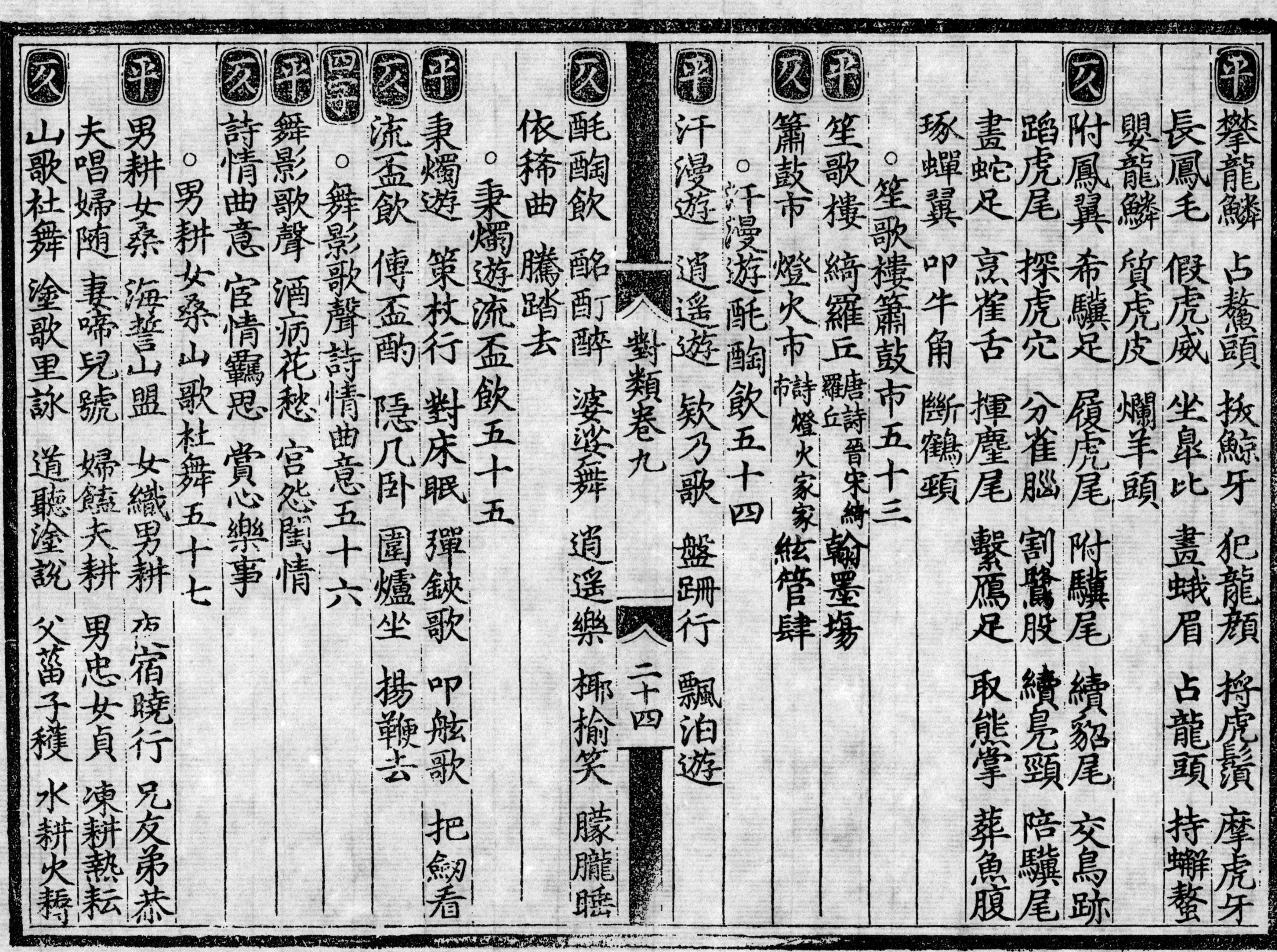

平 攀龍鱗 占鼇頭 扱鯨牙 犯龍顔 捋虎鬚 摩虎牙
長鳳毛 假虎威 坐臯比 畫蛾眉 占龍頭 持蟹螯
嬰龍鱗 質虎皮 爛羊頭
仄 附鳳翼 希驥足 履虎尾 附驥尾 續貂尾 交鳥跡
蹈虎尾 探虎穴 分雀腦 割鷺股 續鳧頸 陪驥尾
畫蛇足 烹雀舌 揮麈尾 繫鴈足 取熊掌 葬魚腹
琢蟬翼 叩牛角 斷鶴頭

○笙歌樓簫鼓市五十三

平 笙歌樓 綺羅丘唐詩晉宋綺羅丘 翰墨場
仄 簫鼓市 燈火市詩燈火家家市 絃管肆

○汗漫遊酕醄飲五十四

平 汗漫遊 逍遥遊 欸乃歌 盤跚行 飄泊遊
仄 酕醄飲 酩酊醉 婆娑舞 逍遥樂 揶揄笑 朦朧睡
依稀曲 騰踏去

對類卷九 二十四

○秉燭遊流盃飲五十五

平 秉燭遊 策杖行 對床眠 彈鋏歌 叩舷歌 把劍看
仄 流盃飲 傳盃酌 隱几卧 圍爐坐 揚鞭去

○舞影歌聲詩情曲意五十六

四字
平 舞影歌聲 酒病花愁 宮怨閨情
仄 詩情曲意 宦情羈思 賞心樂事

○男耕女桑山歌杜舞五十七

平 男耕女桑 海誓山盟 女織男耕 夜宿曉行 兄友弟恭
夫唱婦隨 妻啼兒號 婦饁夫耕 男忠女貞 凍耕熱耘
仄 山歌杜舞 塗歌里詠 道聽塗説 父菑子穫 水耕火耨

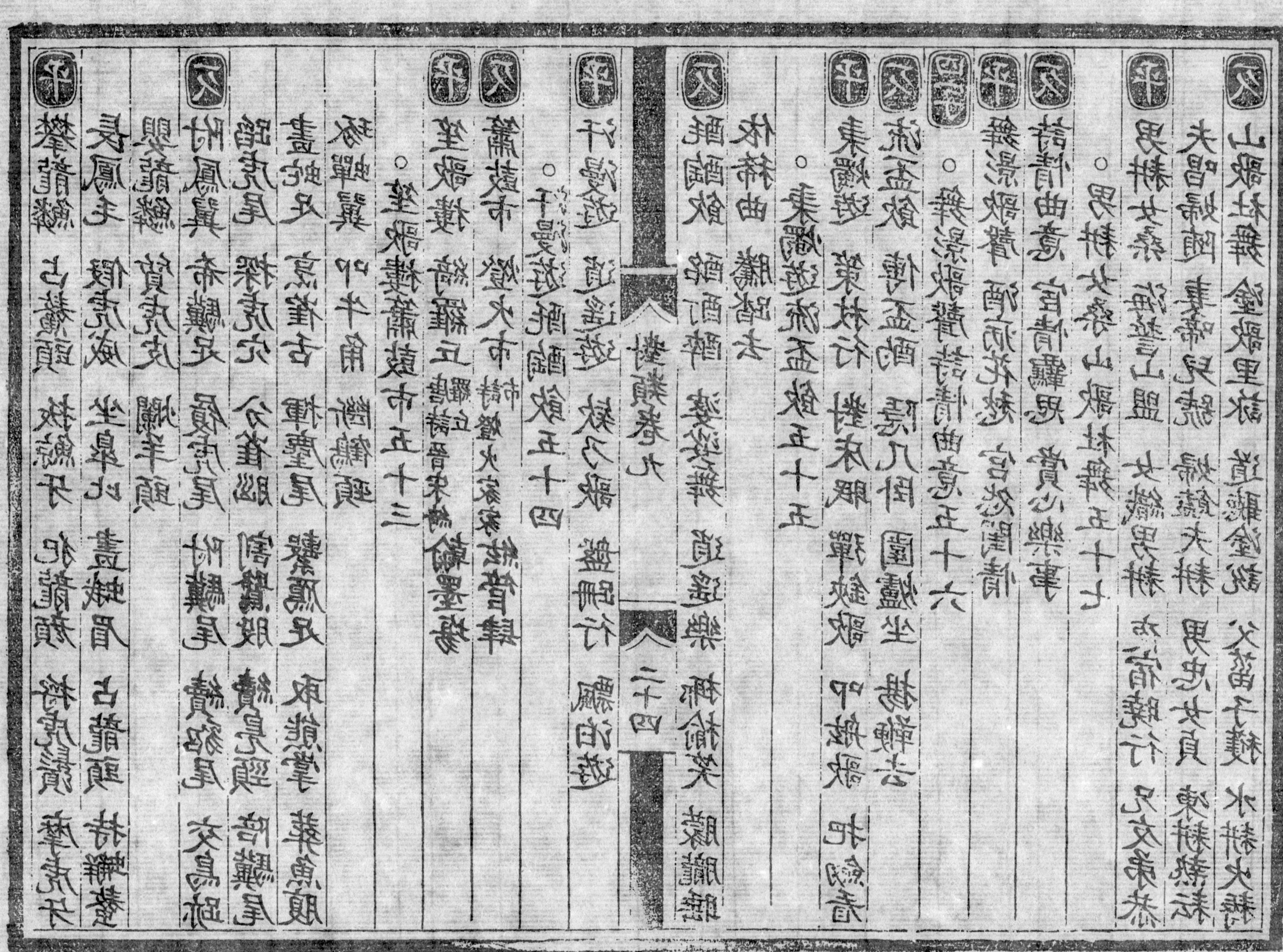

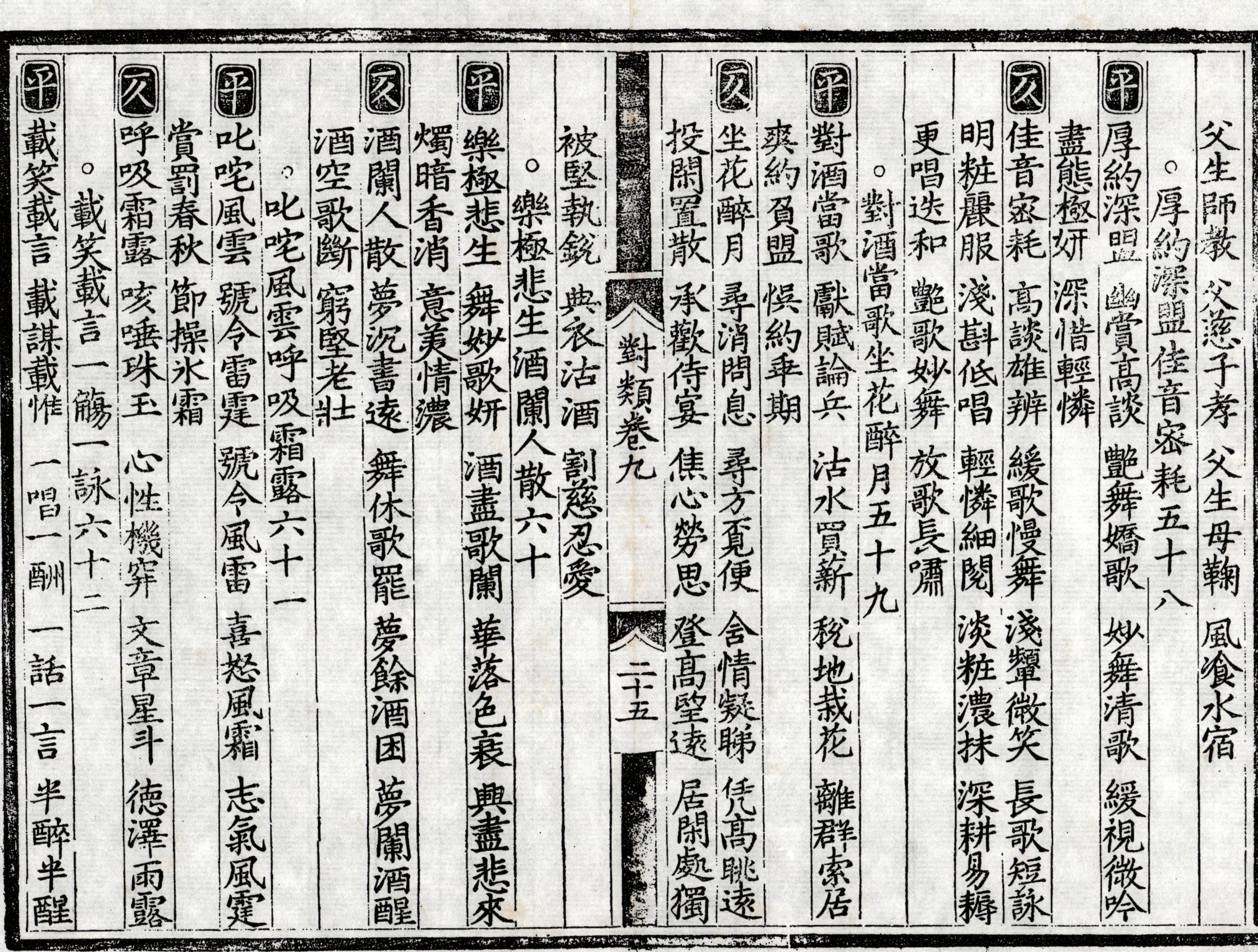

父生師教　父慈子孝　父生母鞠　風飡水宿

〇厚約深盟佳音密耗五十八

【平】厚約深盟　幽賞高談　艷舞嬌歌　妙舞清歌　緩視微吟
盡態極妍　深惜輕憐

【仄】佳音密耗　高談雄辨　緩歌慢舞　淺顰微笑　長歌短詠
明粧麗服　淺斟低唱　輕憐細閱　淡粧濃抹　深耕易耨
更唱迭和　艷歌妙舞　放歌長嘯

〇對酒當歌坐花醉月五十九

【平】對酒當歌　獻賦論兵　沽水買薪　税地栽花　離群索居
爽約負盟　悞約乖期

【仄】坐花醉月　尋消問息　尋方覓便　含情凝睇　凭高眺遠
投閑置散　承歡侍宴　焦心勞思　登高望遠　居閑處獨

被堅執鋭　典衣沽酒　割慈忍愛

〇樂極悲生酒闌人散六十

【平】樂極悲生　舞妙歌妍　酒盡歌闌　華落色衰　興盡悲來
燭暗香消　意美情濃

【仄】酒闌人散　夢沉書遠　舞休歌罷　夢餘酒困　夢闌酒醒
酒空歌斷　窮堅老壯

〇叱咤風雲呼吸霜露六十一

【平】叱咤風雲　號令雷霆　號令風雷　喜怒風霜　志氣風霆
賞罰春秋　節操冰霜

【仄】呼吸霜露　咳唾珠玉　心性機穽　文章星斗　德澤雨露

〇載笑載言一觴一詠六十二

【平】載笑載言　載謀載惟　一唱一酬　一話一言　半醉半醒

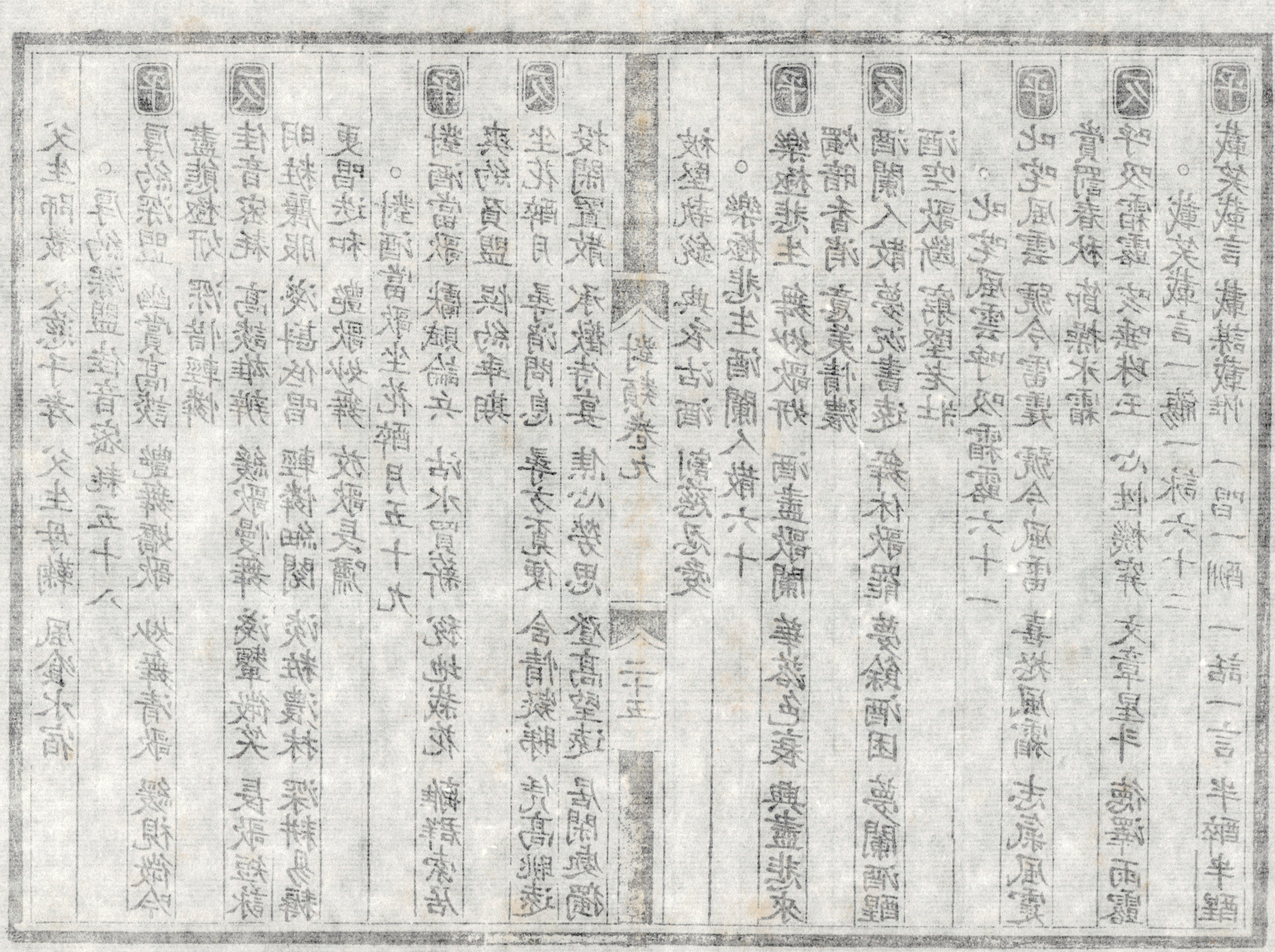

一往一來　獨坐獨行

仄　一觴一詠　一顰一笑　十指十視　一飲一啄　七擒七縱

一喜一懼

○相應相求自斟自酌六十三

平　相應相求　自去自來　將翺將翔　乃寑乃興　式號式呼

爰咨爰謀

仄　自斟自酌　相偎相倚　自吟自酌　自歌自樂　偕行偕止

不強不弱　同行同坐　令儀令色　或歌或諤　將安將樂

爰咲爰語

○百拜三行千慮一得六十四

平　百拜三行　一日九還　一本萬殊　十事九乖

仄　千慮一得　一唱三歎　千言一默　一舉兩得　千變萬化

一了百當

對類卷之九

一乙百韻

仄 千慮一得 一唱三歎 千言一默 一舉兩得 千變萬化

平 百年三行 一日九遷 一本萬殊 十事九乖

○百年三行千慮一得六十四

爰笑爰語

仄 不疑不惑 同行同坐 令儀令色 或歌或謡 將安將樂

自謌自酌 相須相倚 自吟自酌 自歌自樂 偕行偕止

爰咨爰謀

平 相應相求 自去自來 將翺將翔 乃寢乃興 式號式呼

○相應相求自謌自酌六十三

一喜一懼

仄 一觴一詠 一顰一笑 十指十視 一飲一啄 七擒七縱

一往一來 獨坐獨行

對類卷之九